KB076951

2015년 4월 6일 제1판 제1쇄 인쇄
2015년 4월 13일 제1판 제1쇄 발행

엮어쓴이   조재도
펴낸이   강봉구

마케팅   윤태성
디자인   비단길
인쇄제본   (주)아이엠피

펴낸곳   작은숲출판사
등록번호   제406-2013-000081호
주소   413-170 경기도 파주시 신촌로 21-30(신촌동)
서울사무소 100-250 서울시 중구 퇴계로 32길 34
전화   070-4067-8560
팩스   0505-499-8560
홈페이지   http://cafe.daum.net/littlef 2010
페이스북   http://www.facebook.com/littlef 2010
이메일   littlef 2010@daum.net

©조재도

ISBN 978-89-97581-68-9   44800
ISBN 978-89-97581-49-8   44800(세트)
값 12,000원

반딧불
이문고

열공 학생들을 위한 읽기 학습 교양서

토요일에 읽는
세계 소설
단편

조재도 엮어 씀

1

작은숲

1

    세상에는 헤아릴 수 없이 많은 문학작품이 있습니다. 아마도 그 수는 밤하늘의 별만큼이나 많지 않을까요? 그 많은 문학작품 중에 소설, 그것도 특히 단편소설의 수도 부지기수로 많습니다. 이 책은 그렇게 많은 세계 단편소설 중에서 추리고 또 추려서 더 이상 뺄 수 없는 작품 13편을 두 권에 나누어 실었습니다.

    나는 작품을 선정할 때 이 작품은 꼭 학생들이 한 번쯤 읽고 알아 두었으면 하는 것을 기준으로 삼았습니다. 워낙 유명해서 제목만 대도 "아, 그거!"라고 말할 수 있거나, 아니면 "들어는 본 것 같다!"라고 말할 수 있을 정도는 되어야 하지 않을까 하는 작품을 선정했습니다. 그만큼 여기 실린 작품들은 국어 시간뿐만 아니라 상식과 교양의 차원에서 자주 사람들의 입에 오르내린다는 뜻입니다.

머리말

2

나는 이 책을 준비하면서 두 가지를 염두에 두었습니다.

하나는 학생들이 읽으면서 학습이 되도록 했습니다. 낱말 뜻과 필요한 부분에 대한 설명을 마치 수업시간에 선생님에게 설명을 듣는 것처럼 했습니다.

다른 하나는 작품 앞에 감상의 길잡이를 두어 작품이 씌어진 배경, 놓치지 말아야 할 핵심 요소 등을 제시했습니다. 어떤 문학작품도 작품이 씌어진 그 시대와 무관할 수 없으며, 작품마다 간과해서는 안 되는 감상의 핵심 요소가 있기 때문입니다. 또 각 작품마다 독후활동을 두어 작품 감상의 중요 포인트를 다시 한 번 확인하게 하였습니다.

이 책에 실린 작품 중 카프카의 「변신」이나 루쉰의 「아Q정전」, 고골리의 「외투」는 중편소설에 해당하지만 꼭 빼놓을 수 없는 작품으로, 단편소설집에 같이 넣다 보니 단편소설이라고 하였습니다.

나는 이 책이 학생들에게 읽기 학습 자료로 활용되었으면 좋겠습니다. 큰 부담 없이 읽기만 해도 공부가 되는 그런 책이 되었으면 좋겠습니다. 또 학습에 도움이 되는 배경지식을 넓힐 뿐만 아니라, 세계문학에 대한 교양을 쌓는 데도 도움이 되었으면 합니다.

2015년 3월

조재도

일러두기

1. 띄어쓰기와 표기법을 현대어 표기법에 맞도록 통일하였습니다.

2. 본문을 이해하는 데 꼭 필요한 단어는 단어 밑에 작은 글씨로 그 뜻을 표기했습니다.

3. 「　」는 단편소설을 『　』는 단행본으로 나온 책을 표시하였습니다.

차례

나다니엘 호손

큰 바위 얼굴

감상의 길잡이

　이 소설은 미국의 *남북전쟁이 끝난 뒤 이어지는 미국의 서부 개척 시대와 산업 시대를 배경으로 하고 있다. 호손이 만년에 쓴 단편소설로 '큰 바위 얼굴'이라는 소재를 통해 여러 가지 인간상을 보여 주면서 이상적인 인간상을 추구한 작품이다.

　남북전쟁 직후, 어니스트란 소년은 어머니로부터 바위 언덕에 새겨진 큰 바위 얼굴을 닮은 아이가 태어나 훌륭한 인물이 될 것이라는 전설(傳說)을 듣는다. 어니스트는 커서 그런 사람을 만나 보았으면 하는 기대를 가지고, 자신이 어떻게 살아야 큰 바위 얼굴처럼 될까 생각하면서 진실하고 겸손하게 살아간다.

　세월이 흐르는 동안 돈 많은 부자, 싸움 잘하는 장군, 말을 잘하는 정치인, 글을 잘 쓰는 시인들을 만났으나 큰 바위 얼굴처럼 훌륭한 사람으로 보이지 않았다. 그러던 어느 날 어니스트의 설교를 듣던 시인이 어니스트가 바로 '큰 바위 얼굴'이라고 소리친다. 하지만 할 말을 다 마친 어니스트는 집으로 돌아가면서 자기보다 더 현명하고 나은 사람이 큰 바위 얼굴과 같은 용모를 가지고 나타나기를 마음속으로 바란다.

　이 소설의 특징은 주인공의 일생에서 각 시기마다 성격이 다른 인물을 등장시킴으로써 가장 이상적인 인간형을 그려 나갔다는 점이다. 시간 순서에 의한 구성, 섬세한 묘사 위주의 문장, 인물의 성격을 말과 행동을 통해 나타내는 간접적 표현, **등장인물의 이름 자체가 그 인물의 됨됨이를 드러내는 수법을 사용하고 있다.

우리는 이 소설을 통해 '참다운 위인, 참다운 삶이란 무엇인가.' 를 생각하게 한다. 우리가 흔히 알고 있는 위인은 부자나 국가와 민족을 위해 헌신한 사람 등, 뚜렷한 업적을 남긴 사람이지만, 작가는 그것만이 전부가 아님을 말하고 있다. 보다 본질적인 것은 비록 소박하고 평범한 사람일지라도 착한 행위와 신성한 사랑을 행하여 말과 사상과 행동이 생활 속에서 일치되는 것임을 나타내고 있다.

● 남북전쟁 1861~1865년 노예제 폐지를 놓고 미국의 북부와 남부가 갈등하여 일어난 전쟁. 링컨 대통령이 이끄는 북부가 승리하여 노예제가 폐지됨.

●● Ernest : honest(성실, 정직) – 예언의 인물, Gather gold : 황금을 모으다 – 영악, 탐욕의 인물, Old blood and thunder : 유혈＋폭력의 늙은이 – 지혜, 자비심이 없는 인물, Old stony phiz : 바위＋얼굴 – 위대성 결여, 정직하지 못함, Scatter copper : scatter(뿌리다)＋copper(동전) – 동전을 뿌리는 사람.

어느날 오후 해질 무렵, 어머니와 어린 아들이 자기네 오두막집 문 앞에 앉아 큰 바위 얼굴에 대한 이야기를 하고 있었다. 그 큰 바위 얼굴은 그곳에서 몇 마일이나 멀리 떨어져 있었지만, 눈만 뜨면, 햇빛에 비쳐 그 모양이 선명하게 드러나 보였던 것이다.

대체 그 큰 바위 얼굴은 무엇일까?

높은 산에 둘러싸인 분지가 하나 있었는데 그 곳은 넓은 골짜기로, 많은 사람이 순박하게 살고 있었다. 그 곳에 사는 사람들 중에는 가파른 산허리의 빽빽한 수풀에 둘러싸인 곳에 통나무집을 짓고 사는 사람들도 있고, 또 골짜기로 내려가는 비탈이나 평지의 기름진 땅에서 농사를 지으며 안락하게 사는 사람들도 있었으며, 또 사람들이 오밀조밀하게 모여서 마을을 이루고 살고 있었다. 그곳에서는 높은 산악 지대로부터 내리지르는 격류를 이용하여 방직 공장의 기계를 돌리고 있었다.

아무튼 이 골짜기에는 많은 주민이 살고 있었고, 살림살이도 가지가지였으나, 그들에게는 한 가지 공통점이 있었다. 그것은 모두가 그 큰 바위 얼굴에 대한 일종의 경외심과 친밀감을 가지고 있다는 것이었다. 그 중에는 그 위대한 자연 현상에 대하여 유달리 감격하는 사람들도 적지 않았다.

그렇게 모든 사람들이 우러러보는 큰 바위 얼굴은 자연이 빚어 놓은 장엄한 작품으로, 깎아지른 듯한 절벽 위에 몇 개의 바위로 이루어져 있었다. 그리고 그 바위들은 서로 조화를 이뤄 적당한 거리에서 바라보면, 확실히 사람의 얼굴과 같았다. 마치 굉장한 거인이나 타이탄*이 절벽 위에 자기 자신의 얼굴을 조각해 놓은 것같이 보이는 것이었다.

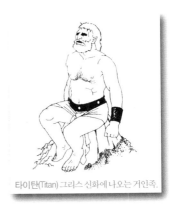

타이탄(Titan) 그리스 신화에 나오는 거인족.

넓은 아치형의 이마는 높이가 30여 미터나 되고 갸름한 콧날에
_{건축물의 윗부분이 반원형으로 된 것}
넓은 입술, 만약에 우람한 그 입술이 말을 한다면, 천둥소리처럼 골짜기의 이 끝에서 저 끝에까지 울릴 것만 같았다. 아주 가까이 다가서면 그 거대한 얼굴의 형체는 사라지고, 커다란 바위들이 질서 없이 포개져 놓인 것으로만 보일 것이다. 그러나 뒤로 물러서면서 보면 그 신기한 형상이 점점 알아볼 수 있도록 드러나고, 멀어질수록 더욱더 사람의 얼굴과 비슷해지면서, 그 본래의 거룩한 모습을 볼 수 있게 된다. 그리고 모습이 희미해질 만큼 멀어지

면, 큰 바위 얼굴은 구름과 안개에 싸여 정말 살아 있는 것같이 느껴지는 것이었다.

이 곳 아이들이 그 큰 바위 얼굴을 쳐다보며 자라난다는 것은 커다란 행운이었다. 왜냐하면 그 얼굴은 생김생김이 숭고하고 웅장하면서도 표정이 다정스러워, 마치 그 애정 속에 온 인류를 포옹하고도 남을 것만 같았기 때문이었다. 따라서 그저 그것을 보는 것만으로도 큰 교육이 되었다. 이 골짜기의 토지가 기름진 것은 구름을 찬란하게 꾸미고, 정다운 모습을 햇빛 속에 펼치면서, 언제나 자비스러운 얼굴로 이 골짜기를 내려다보고 있는 큰 바위 얼굴 덕분이라고 믿는 사람들도 많았다.

이 큰 바위 얼굴을 바라보며 어머니와 어린 소년은 오두막집 문 앞에 앉아서 이야기를 하고 있었다. 그 아이의 이름은 어니스트였다.

"어머니!"

아이가 말하였다. 그 때 그 타이탄과 같은 큰 바위 얼굴이 그에게 미소를 보내는 것만 같았다.

"저 큰 바위 얼굴이 말을 할 수 있다면 좋겠어요. 저렇게 친절한 표정을 보면 목소리도 매우 듣기 좋겠지요? 만약에 내가 저런 얼굴을 가진 사람을 만난다면, 나는 정말 그를 너무너무 좋아할 거예요."

어니스트의 말에 어머니가 말했다.

"만약에 옛날 사람들의 예언이 실현된다면, 우리는 언젠가 저것과 똑같은 얼굴을 가진 사람을 볼 수 있을 것이다."

미국 뉴햄프셔 주 프랑코니아 주립공원 내의 화이트마운틴 정상 부근에 '산의 노인
(The old man of the mountain) 상(像)'이라고 부르는 자연 암석이 있다. 어니스트
가 말한 것과 같이 웅장하면서도 표정이 다정하다.

어니스트는 어머니에게 물었다.

"어떤 예언인데요, 어머니? 어서 이야기 좀 해 주세요."

어머니는 자기가 어니스트보다 더 어렸을 때, 자기 어머니에게서 들은 이야기를 어니스트에게 하기 시작하였다.

그것은 과거에 벌어졌던 일에 대한 것이 아니고, 앞으로 일어날 일에 대한 이야기였다. 그러나 그것은 매우 오래 전부터 전해 내려오는 이야기로, 옛날에 이 골짜기에 살고 있던 아메리칸 인디언들 역시 그들의 조상으로부터 그 이야기를 전해 들었다고 한다.

그 조상들의 말에의하면, 그 이야기는 처음에, 산골짜기를 흐르는 시내와 나무 끝을 스치는 바람이 속삭여 주었다는 것이다. 그 이야기의 요지는, 장차 어느 때고 이 근처에 한 아이가 태어날 것인데, 그 아이는 *고아한[1] 인물이 될 운명을 타고날 것이며, 그 아이는 어른이 되어감에 따라 얼굴이 점점 큰 바위 얼굴을 닮아 간다는 것이다.

아직도 많은 노인들과 어린이들이 열렬한 희망과 변하지 않는 신념으로 이 예언이 실현되기를 기다리고 있었다. 그러나 제 아무리 기다려도 큰 바위 얼굴을 닮을 사람을 만나지 못한 많은 사람들은 이 예언이 그저 *허황[2]된 이야기라고 단정짓기도 했다.

아무튼, 예언이 말하는 위대한 인물은 아직 나타나지 않았다.

"어머니! 어머니!"

어니스트는 손뼉을 치며 외쳤다.

"그런 사람을 만나면 얼마나 좋을까요?"

그의 어머니는 애정이 많고 생각이 깊은 여인으로, 자기 아들

의 커다란 희망을 깨뜨리지 않는 것이 현명한 일이라고 생각했
다. 그래서 아들에게,

"너는 아마 그런 사람을 만날 것이다."

라고만 말하였다.

그 후, 어니스트는 어머니께서 해 주신 이야기를 언제나 잊지
않고 지냈다. 그리고 큰 바위 얼굴을 쳐다볼 때마다, 마음속에 어
머니께서 들려주신 이야기를 떠올렸다.

어니스트는 어린 시절을 지내는 동안 어머니 말씀에 순종하였
고, 어머니께서 하시는 모든 일을 그의 조그마한 손으로, 그리고
사랑하는 마음으로 도와 드렸다. 이렇게 행복한, 그러나 가끔 생각
에 잠기곤 하는 이 어린아이는 점점 온순하고 겸손한 소년이 되어
갔다. 밭에서 일을 하기 때문에 햇볕에 검게 그을었지만, 그의 얼
굴에는 유명한 학교에서 교육을 받은 소년들보다 더 총명한 빛이
어려 있었다.

어니스트에게는 선생님이 없었다. 다만 선생님이 있다면, 그것
은 바로 저 큰 바위 얼굴뿐이었다.

어니스트는 하루 일이 끝나면 몇 시간이고 그 바위를 쳐다보곤
했다. 그러면 그 큰 바위 얼굴이 자신을 알아보고 격려하는 친절
한 미소를 보내 주는 것 같은 생각이 들었다.

물론 그 큰 바위 얼굴이 어니스트에게만 더 친절하게 비칠 리

---

1 뜻이나 품격 따위가 높고 우아하다.
2 헛되고 황당하며 미덥지 못하다.

는 없지만, 그렇다고 어린 어니스트의 생각이 틀렸다고만 할 수는 없었다. 사실, 믿음이 깊고 순진하고 맑은 그의 마음은 다른 사람들이 보지 못하는 것을 볼 수 있었으며, 모든 사람이 다 누리는 큰 바위 얼굴의 사랑이라도 자기만 받고 있는 줄로 생각했던 것이다.

그 무렵, 이 마을 일대에 큰 바위 얼굴처럼 생긴 위인이 나타났다는 소문이 돌기 시작했다. 그의 이름은 그의 처세술에서, 혹은 그가 성공한 데서 온 별명인지 모르나 *개더골드[3]라고 했다. 여러 해 전 한 젊은이가 이 골짜기를 떠나, 먼 항구로 가서 돈을 벌어 가게를 내었다. 빈틈없고 *민활[4]한데다가, 하늘이 주신 비상한 재능, 즉 세상 사람들이 '재수'라고 부르는 행운까지 타고 난 그는 대단한 *거상[5]이 되었던 것이다. 그는 재산을 계산하는 데만도 오랜 시일이 걸릴 만큼 큰 부자가 되었을 때, 그의 고향을 생각하게 되었다.

그리고 자기가 태어난 고향에 돌아가서 여생을 마치겠다고 결심하게 되었다. 그는 자신 같은 백만장자가 살기에 적합한 대궐 같은 집을 짓게 하려고, 숙련된 목수를 고향으로 보냈다. 그는 지금까지 그의 아버지가 살고 있던 초라한 농가 집터에 마치 요술의 힘으로 꾸며 놓은 듯한 굉장한 건물을 지었는데, 이를 본 사람들은 그 예언이 거짓 없는 사실일 거라고 점점 더 믿게 되었다.

어니스트는 예언의 인물이 드디어 그가 태어난 고향에 나타났다는 생각으로 마음이 몹시 설레었다. 그의 어린 마음은 막대한 재산을 가진 개더골드가 곧 자선의 천사가 되어, 큰 바위 얼굴의 미소와 같이 너그럽고 자비롭게 모든 사람들의 생활을 돌보아 줄 것이라고 생각했다.

그는 늘 하듯이 큰 바위 얼굴이 자기에게 답례를 하며, 친절하게 자기를 보아 주리라고 상상하면서 그것을 쳐다보고 있었다. 그 때 구불구불한 길을 따라 급하게 달려오는 마차 바퀴 소리가 들렸다.

"야! 오신다."

개더골드가 도착하는 광경을 보려고 모인 사람들이 외쳤다.

"위대한 개더골드 씨가 오셨다!"

네 마리의 말이 끄는 마차가 길모퉁이를 속력을 내어 달려왔다. 마차 창밖으로 조그마한 늙은이가 얼굴을 내밀었다. 그의 얼굴은 마이더스왕⁵이 빚어 만든 것 같은 누런빛이었다. 이마는 좁고 작고 매서운 눈가에는 수많은 잔주름이 잡혔으며 얇은 입술은 꼭 다물려 얇게 보였다.

미다스 그리스 신화에 나오는, 손이 닿는 것은 무엇이든 황금이 되었다는 왕.

"큰 바위 얼굴과 똑같다!"

사람들이 외쳤다.

"예언은 참말이다. 마침내 위인이 우리에게 오셨다."

어니스트는 어리둥절하였다. 사람들이 그를 보고 예언의 얼굴

---

3 Gathergold, 금을 모으는 사람, 영악하고 탐욕스런 인물.

4 날쌔고 활발하다.

5 밑천을 많이 가지고 크게 하는 장수.

과 똑같다고 믿는 것을 도무지 이해할 수 없었던 것이다. 길가에는 때마침 먼 지역으로부터 흘러들어 온 늙은 거지 하나와 어린 거지들이 있었다. 이 불쌍한 거지는 마차가 지나갈 때에 손을 내밀고 슬픈 목소리로 애걸을 하였다. 그러자 누런 손이, 엄청난 재물을 긁어모은 바로 그 손이, 마차 밖으로 나오더니 동전 몇 닢을 땅에 떨어뜨렸다. 그것으로 볼 때, 이 위인을 개더골드라고 부르게 된 것도 그럴 듯 하지만 *스캐터코퍼6라 불러도 좋을 것 같았다. 그럼에도 불구하고, 사람들은 예전과 다름없는 굳은 신념으로 그가 큰 바위 얼굴과 똑같다고 소리쳤다.

그러나 어니스트는 낙심하면서, 주름살이 많이 잡히고 영악하고 탐욕이 가득 찬 그 얼굴에서 고개를 돌려 버렸다. 그리고 *산허리7를 바라보았다. 거기에는 맑고 빛나는 큰 바위 얼굴이 주위의 안개에 싸여 막 지려는 햇빛을 받고 있었다. 그 형상은 그의 마음을 한없이 즐겁게 하였다. 그 다정한 입술이 그에게 말하는 것 같았다.

"그 사람은 온다. 걱정하지 말아라. 그 사람은 꼭 온다!"

세월은 흘러갔다.

어니스트도 이제는 소년 티를 벗고 청년이 되었다. 그가 주위 사람들의 관심을 끄는 일은 별로 없었다. 그도 그럴 것이 그의 일상생활에는 유달리 뚜렷한 점이 없었다. 그가 남과 다른 점이 있다면, 아직도 하루 일을 마치고 혼자 떨어져서 그 큰 바위 얼굴을 바라보며 명상을 하는 것이었다. 그것은 다른 사람들이 볼 때 참으로 바보 같은 짓이었다. 그러나 어니스트는 부지런하고 친절하며 사람이 좋고 자기 일을 게을리 하는 법이 없었으므로, 아무도 그를 비난하지 않았다.

사람들은 그 큰 바위 얼굴이 그의 유일한 선생님이라는 것과, 큰 바위 얼굴에 나타난 고상한 감정이 이 젊은이의 가슴을 다른 사람보다 더 넓고 깊은 인정미가 넘치게 만든다는 사실을 몰랐다.

사람들은 큰 바위 얼굴이 책에서 배우는 것보다 더 많은 지혜를 주며, 또 그것을 바라봄으로써 다른 사람의 나쁜 행동을 보고 경계를 하여, 현재의 생활보다 더 나은 생활이 앞으로 이루어지리라는 것을 몰랐다. 어니스트도 들판 가운데에서, 또는 화롯가에서, 그가 혼자 깊이 생각하는 어느 곳에서든 자연스럽게 떠오르는 생각과 감정이, 사람들과의 만남에서 생겨나는 것보다 더 품격이 높은 것임을 알지 못했다.

그의 어머니께서 처음으로 예언을 일러 주시던 때와 다름없이 순박한 그는, 골짜기를 내려다보고 있는 그 얼굴을 바라보며, 아직도 그것과 똑같이 생긴, 얼굴이 좀처럼 나타나지 않는 것을 이상하게 생각했다.

그동안 개더골드는 세상을 떠나고 말았다. 그의 육체이자 영

---

6 Scatter copper, 동전을 뿌리는 사람.
7 산등성이의 잘록하게 들어간 곳.

혼이던 재산들은 개더골드가 살아 있었을 때 이미 사라져 버렸고, 누런 살갗으로 덮인 해골이나 마찬가지인 육체만이 남아 있었다. 그의 재산이 사라지자 사람들은 이 가난한 상인의 천박한 얼굴과 산 위에 있는 장엄한 얼굴이 서로 닮지 않았다는 사실을 인정하게 되었다. 사람들은 개더골드가 살아 있을 때에도 벌써 그를 존경하지 않았고, 죽은 후에는 까맣게 그를 잊어버리고 말았다.

개더골드가 죽은 뒤에도 예언의 인물은 나타나지 않았다.

그런데 이 골짜기의 태생으로 여러 해 전 군대에 들어가 수없는 격전을 겪고 난 끝에, 저명한 장군이 된 사람이 있었다. 본명은 무엇인지 잘 모르나, 병영이나 전쟁터에서는 °올드 블러드 앤드 선더[8] 라는 별명으로 알려져 있었다.

이 °백전[9]의 용사도 이제는 노령과 상처로 몸이 허약해지고, 소란한 군대 생활과 오랫동안 귓속에 울려오던 북 소리며 나팔 소리에 그만 싫증이 나서, 고향에 돌아가 쉬고 싶다는 자신의 희망을 발표하였다.

그 소문을 들은 골짜기 사람들의 흥분은 이루 말할 수 없었다. 그리고 많은 사람들이, 올드 블러드 앤드 선더 장군이 어떻게 생겼는지 보기 위해, 전에는 몇 년 동안 한 번도 거들떠보지 않던 큰 바위 얼굴을 쳐다보며 시간을 보냈다.

잔치가 열리던 날, 어니스트도 골짜기 사람들과 함께 숲 속의 °향연[10]이 마련되어 있는 곳으로 갔다. 어니스트는 발꿈치를 치켜들어 이 저명한 큰 손님을 °먼빛[11]으로라도 보려 하였다. 그러나 많은 사람들이 축사와 연설, 장군의 입에서 흘러나올 인사말을 한 마디도 빠뜨리지 않고 들으려는 듯이 식탁 주위에 몰려들었고, 그를 따라온 군대는 호위병의 임무를 다하느라 총검으로 사람들을 무지하게 밀어 냈다.

그 바람에 성품이 겸손한 어니스트는 뒤로 밀려 그의 얼굴을 볼 수 없었다. 그는 스스로를 위로하려고 큰 바위 얼굴이 있는 쪽을 다시 바라보았다. 그는 전과 다름없이 성실해 보이고, 오랫동안 마음속으로 그리워하던 친구를 대하듯 다정히 그를 마주 보며 미소를 띠는 것이었다.

이 때 전쟁 영웅의 용모와 멀리 산허리 위에 있는 얼굴을 비교해 보는 여러 사람들의 말이 들렸다.

"판에 박은 듯 똑같은 얼굴이다!"

한 사람이 기뻐 날뛰면서 말하였다.

"영락없이 같구나! 바로 그 얼굴이야!"

또 다른 사람이 맞장구를 쳤다.

"닮다마다! 저건 올드 블러드 앤드 선더가 커다란 체경 속에 비쳐 있는 것 같아."

거울

하고 셋째 사람이 외쳤다.

"아무렴, 그렇고말고! 장군이야말로 고금을 통하여 가장 위대

---

8 Old Blood and Thunder, 피비린내 나는 천둥 같은 노인, 자비심이 없는 인물.

9 싸움.

10 특별히 융숭하게 손님을 대접하는 잔치.

11 멀리서 언뜻 보이는 정도나 모양.

한 인물이거든."

　그러고는 이 세 사람이 함께 높이 소리쳤다. 그것이 군중에게 전파처럼 퍼져서 수천의 입으로부터 큰 고함 소리를 일으키고, 그 고함 소리는 산중 수 *마일¹²을 울려 퍼져 나가서, 큰 바위 얼굴이 천둥 같은 숨결로 고함지른 것이 아닌가 하고 의심할 정도였다.

　"장군이다! 장군이다!"

　마침내 사람들의 고함 소리가 들려왔다.

　"쉿, 조용히! 장군이 연설을 하신다."

　식사가 끝나고 박수갈채 속에 그의 건강을 위한 축배가 올려진 후 장군은 감사의 뜻을 표하기 위하여 자리에서 일어섰다. 어니스트는 그를 보았다. 그의 머리 위에는 월계수를 얽은 푸른 나뭇가지가 아치를 이루고, 깃발은 그의 이마에 그늘을 지어 주듯 축 늘어져 있었다. 그리고 또 숲이 트인 곳으로 큰 바위 얼굴도 볼 수 있었다.

　그렇다면 장군과 큰 바위 얼굴 사이에는 사람들이 증언한 바와 같이 닮은 점이 정말로 있었던 것일까? 어니스트는 그러한 점을 찾아 낼 수가 없었다. 그는 수없는 격전과 갖은 고난에 찌든 얼굴을 유심히 바라보았다. 그 얼굴에는 정력이 넘쳐흐르고, *철석¹³같은 의지가 나타나 있었다. 그러나 선량한 지혜와 깊고 넓고 따사로운 자비심은 찾아볼 수 없었다. 큰 바위 얼굴은 준엄한 표정을 하고 있다 하더라도, 그 이면에는 분명히 더 온화한 빛이 있어서 그 표정을 녹여내고 있었다.

"저 사람은 예언의 인물이 아니다."

어니스트는 군중 사이를 빠져 나가면서 홀로 한숨을 내쉬었다.

"아직도 더 기다려야 한다는 말인가?"

안개 사이로 큰 바위 얼굴의 장엄한 모습이 보였다. 그 얼굴은 온화하면서도 위엄이 서려 있었다. 큰바위 얼굴이 어니스트에게 속삭이듯 말하는 것 같았다.

"걱정 말아라, 어니스트. 그 인물은 나타날 거다."

또다시 여러 해가 평온한 가운데 흘러갔다.

어니스트는 아직도 그가 태어난 골짜기에 살고 있었고, 이제는 이미 중년의 남자가 되었다. 그리고 미미한 정도나마 차차 사람들 사이에 알려지게 되었다. 그는 지금도 예전과 같이 생계를 위해 일을 하는 여전히 순박한 마음을 지닌 사람이었다.

그러나 그는 여러 가지 많은 일을 생각하기도 하고 느끼기도 하였고, 생애 가장 좋은 시절의 대부분을 인류를 위해 훌륭한 일을 해 보겠다는 신성한 희망으로 살아 왔었다.

어느덧 그는 자기도 모르는 사이에 전도사가 되어 있었다. 그의 맑고 높고 순박한 사상은 소리 없이 그의 덕행으로 나타나기도 하였으나, 그것은 또 그의 설교 중에도 흘러나왔다. 그는 듣는 사람으로 하여금 깊은 감명을 받고 새로운 생활을 이룩해 나가

---

12 1마일은 약 1.6 km 에 해당함.

13 매우 굳고 단단한 것을 비유적으로 이르는 말.

게 할 진리를 토했다. 청중은 바로 자기네 이웃 사람이요, 친근한 벗인 어니스트가 범상한 사람이 아니라고는 생각조차 해 본 일이 없었을 것이다. 더욱이 어니스트 자신은 꿈에도 그런 생각을 품지 않았다. 그러나 개울물의 속삭임과도 같이 한결같은 힘으로 그의 입에서는 아직까지 그 어느 누구도 말해 보지 못한 생각들이 술술 흘러나오는 것이었다.

세월이 흘러 마음이 냉정해지자, 사람들은 올드 블러드 앤드 선더 장군의 험상궂은 얼굴이 산 위에 있는 자비로운 큰 바위 얼굴과 비슷한 점이 없다는 것을 알게 되었다.

그런데 이번에는 또 다시 큰 바위 얼굴과 똑같은 얼굴의 어느 저명한 정치가의 소문이 파다하게 퍼져나갔다. 신문에는 그것을 확인하는 많은 기사가 실렸다.

그는 개더골드 씨나 올드 블러드 앤드 선더 씨와 마찬가지로 이 골짜기에서 태어났으나, 일찍이 고장을 떠나 법률과 정치에 종사해 왔다. 부자의 재산과 군인의 칼 대신 그는 오직 한 개의 혀를 가졌을 뿐이었으나, 그것은 앞의 두 가지를 합친 것보다 더 강력한 것이었다.

그의 언변은 놀라울 정도로 유창하여 그가 무엇을 말하든 청중은 그의 말을 믿지 않을 수 없게 되어, 그른 것도 옳게 보고 정당한 것도 그르게 되었다. 그도 그럴 것이 만일 맘이 내키기만 하면 그는 오로지 그의 숨결만으로 휘황한 안개를 일으켜 대자연의 햇빛을 무색하게 할 수도 있었던 것이다.

그 연설은 때로 천둥과도 같이 울리기도 하고, 때로는 한없이

감미로운 음악 소리와도 같이 속삭이기도 하였다. 그것은 격전의
질풍이었고 평화의 노래였다. 사실은 그럴 리는 없겠지만 그는
그의 혓속에 심장을 지니고 있는 듯하였다.

세찬 싸움

그는 실로 놀라운 사람이었다. 그의 혀로 하여금 상상할 수 있
는 한의 모든 성공을 거두었다. 그의 혀가 말하는 소리가 각 주의
정부와 대통령의 집무실에까지 울려 퍼져, 온 세계에 그의 명성
을 떨치게 되었다. 그리고 마침내 그의 웅변은 국민으로 하여금
그를 대통령으로 선출하도록 *설복14시키고야 말았다.

이보다 앞서 그의 이름이 세상에 알려지기 시작하자, 그의 숭배
자들은 그와 큰 바위 얼굴과의 사이에 비슷한 모습을 찾아내었다.
덕분에 그는 *올드 스토니 피즈15 라는 이름으로 전국에 알려지게
되었다. 친구들이 그를 대통령으로 추대하려고 전력을 다하고 있
을 때, 그는 자기 고향인 이 골짜기를 방문하려고 출발하였다.

기마행렬은 주 경계선에서 그를 맞으려고 출발하였다. 모든 사
람들이 일을 쉬고 길가에 모여 그가 지나가는 것을 보려고 하였
다. 그 사람들 속에는 어니스트도 있었다.

기마행렬은 말굽 소리 요란하게 달려왔다. 먼지가 뽀얗게 일
어 어니스트는 그 사람의 얼굴을 볼 수가 없었다. 그리고 악대가
연주하는 음악의 우렁찬 반향이 골짜기에 퍼져, 골짜기 구석마다

메아리

저명한 손님을 환영하는 소리가 가득 찼다. 그러나 가장 웅대한

---

14 알아듣도록 말하여 수긍하게 함.
15 Old Stony Phiz, 바위 얼굴의 노인, 정직하지 못한 인물.

광경은 멀리 솟은 절벽이 그 음악을 되울리는 것이었다.

사람들은 모자를 벗어 위로 던지며 소리를 쳤다. 그 열기가 마음에서 마음으로 전해졌고, 어니스트의 가슴도 불붙었다. 그도 모자를 위로 던지며 큰 소리로,

"위인 만세! 올드 스토니 피즈 만세!"

하고 외쳤다.

그러나 아직도 그 사람을 보지는 못하였다.

"왔다!"

어니스트 가까이 서 있던 사람들이 소리쳤다.

"저기 좀 보라고, 올드 스토니 피즈를 봐. 그리고 저 산 위의 얼굴과 비교해 봐. 마치 쌍둥이 같지 않느냐?"

사륜마차 바퀴가 넷인 마차.

화려한 행렬 한가운데 네 마리의 흰 말이 끄는 뚜껑 없는 사륜마차*가 달려왔다. 그 마차 안에는 모자를 벗어든 유명한 정치가 올드 스토니 피즈가 앉아 있었다.

"어때? 대단하지!"

어니스트의 곁엣 사람이 그에게 말했다.

큰 바위 얼굴은 이제야 제 짝을 만났다.

솔직히 마차에서 고개를 끄덕거리며 미소를 띠고 있는 얼굴을 처음으로 보았을 때, 어니스트는 산 위에 있는 얼굴과 흡사하다고 생각하였다. 훤하게 벗어진 큰 이마며, 그밖에 얼굴 모습이 참으로 대담하고 힘 있게 보여, 마치 큰 바위 얼굴과 경쟁하려고 만들어진 것 같았다.

그러나 그 산 중턱의 얼굴을 빛나게 하며 그 육중한 화강석 물체를 정신적인 것으로 보이게 하는 장엄함이나 위풍당당함, 신과 같은 사랑의 위대한 표정은 찾아볼 길이 없었다. 이 정치가에게는 원래부터 그런 것이 없었거나, 그렇지 않으면 본래는 있었지만 사라져 버린 것 같았다. 정치가의 눈시울에는 우울한 빛이 깃들어 있었다.

그러나 어니스트의 곁엣 사람은 팔꿈치로 그를 쿡쿡 지르면서 대답을 재촉하였다.

"어때? 어떤가 말이야! 이 사람이야말로 저 산 중턱의 얼굴과 똑같지 않아?"

"아니, 조금도 닮지 않았소."

어니스트는 무뚝뚝하게 말했다.

"그렇다면, 저 큰 바위 얼굴에게 미안한데."

이렇게 대답하고 옆 사람은 올드 스토니 피즈를 위하여 다시 환호성을 올렸다.

그러나 어니스트는 아주 실망하여 우울하게 그 곳을 떠났다. 예언을 실현시킬 수 있는 사람이지만 그렇게 할 뜻이 없는 것같이 보였기 때문에 그는 슬펐다.

세월은 덧없이 흘러갔다.

이제 어니스트의 머리에도 서리가 내렸다. 이마에는 점잖은 주름살이 잡히고, 양쪽 뺨에는 고랑이 생겼다. 그는 정말 늙은이가 되었다. 그러나 헛되이 나이만 먹은 것은 아니었다.

머리 위 백발보다 풍부한 지혜가 머릿속에 깃들여 있고, 이마와 뺨의 주름살에는 °인생행로16에서 시련을 받은 슬기가 간직되어 있었다. 어니스트는 이름 없는 존재는 아니었다. 수많은 사람이 좇는 명예가 찾지도 않고 원하지도 않는 그를 찾아오고야 말았고, 그의 이름은 그가 살고 있는 산골을 넘어 세상에 널리 알려지게 되었다.

대학 교수들 그리고 도시 사람들까지 어니스트와 이야기를 하기 위해 찾아왔다. 이 순박한 농부가 다른 사람보다 현명한 지혜를 가졌다는 소문이 바다 건너 멀리까지 퍼졌다.

어니스트의 생각은 책에서 얻어진 것은 아니었지만 더 슬기로웠고, 친구가 들려주듯 친근하면서도 조용한 위엄을 갖고 있었다. 누가 찾아와도 그는 친절하게 손님을 맞이했고, 마음을 터 놓고 자유롭게 이야기했다. 그리고 골짜기를 지나다가 큰 바위 얼굴을 올려다 보며 누군가를 닮았다는 생각을 하면서도 그가 누군지는 확실하게 생각해지 못했다.

이렇게 어니스트가 늙어 가고 있을 무렵, 인자하신 하느님의 섭리로 새로운 시인 한 사람이 세상에 나타나게 되었다. 그도 역시이 골짜기에서 태어난 사람이었다. 하지만 고장을 떠나, 일생의 태반을 도시의 잡음 속에서 아름다운 음률을 쏟아 놓고 있었다.

반수 이상
그는 큰 바위 얼굴의 웅대한 입으로 읊어도 부끄럽지 않을 장엄한 송가로 그 바위를 찬미한 적도 있었다. 말하자면, 이 천재는 훌륭한 재능을 몸에 지니고 하늘로부터 이 세상에 내려온 것이라고도 할 수 있었다.

그가 산을 읊으면 사람들은 한층 더 장엄함이 그 산허리에 또는 그 산꼭대기에 나타나는 것을 보았다. 그가 아름다운 호수를 노래하면 하늘은 미소를 던져, 그 호수 위를 영원히 비추려 하였다. 망망대해를 노래하면 깊고 넓은 그 무시무시한 가슴이 그의
한없이 크고 넓은 바다
정서에 감격하여 뛰노는 것 같았다. 이 시인의 행복한 눈으로 세상을 축복하면, 온 세상은 과거와는 다른 더 훌륭한 모습을 가지게 되었다.

조물주는 자기가 손수 창조한 세계에 마지막 완성을 위해 최상의 솜씨를 발휘해 그를 내려보냈던 것이었다. 그 시인이 와서 해석을 하고 조물주의 창조를 시로 완성시킬 때까지 천지 창조는 완성된 것 같지 않았다.

이 시인의 노래는 마침내 어니스트의 손에까지 들어가게 되었다. 그는 늘 하루의 노동이 끝난 뒤에, 자기 집 문 앞에 높인 긴 의자에 앉아서 그 시들을 읽었다. 그 자리는 오랫동안 그가 큰 바위 얼굴을 바라보며 *사색17에 잠기는 곳이었다. 그리고 지금 자기의 영혼에 강력한 충격을 주는 그 시들을 읽고서, 그는 눈을 들어 인자하게 자기를 보고 있는 그 얼굴을 쳐다보았다.

"오, 장엄한 벗이여!"

그는 큰 바위 얼굴을 보고 중얼거렸다.

"이 사람이야말로 그대를 닮을 자격이 있는 사람이 아닙니

---

16 사람이 살아가는 한 평생을 나그넷길에 비유하여 이르는 말.
17 어떤 것에 대하여 깊이 생각하고 이치를 따짐.

까?"

그 얼굴은 미소하는 것 같았으나 아무 대답이 없었다.

한편, 이 시인은 그가 그렇게도 멀리 떨어져 있었지만, 어니스트의 소문을 들었을 뿐 아니라, 그의 인격을 *흠모[18]하는 나머지 어니스트를 몹시도 만나고 싶어 하였다. 그래서 어느 여름 아침에 기차를 타고 어니스트의 집에서 그리 멀지 않은 곳에서 내렸다. 전에 개더골드의 저택이었던 호텔이 바로 옆에 있었지만, 그는 손가방을 든 채 어니스트의 집에 찾아가서 거기서 일박을 청할 생각을 하였다.

그는 문 앞에 가까이 가서 점잖은 노인이 책을 한 손에 들고 읽다가 그 책갈피에 손가락을 끼운 채 큰 바위 얼굴을 쳐다보고 또 책을 들여다보고 하는 것을 보았다.

"안녕하십니까? 지나가는 나그네인데 하룻밤 머물러 갈 수 있겠습니까?"

시인은 말을 건넸다.

"네, 그렇게 하십시오."

어니스트는 웃으면서,

"저 큰 바위 얼굴이 저렇게 다정한 얼굴로 손님을 맞이하는 것을 본 일이 없습니다."

하고 말하였다.

시인은 어니스트 옆에 앉아서 서로 이야기를 주고받기 시작했다. 시인은 전에도 재치 있고 가장 지혜로운 사람들과 이야기해 본 일이 있었으나, 어니스트와 같이 자유자재로 사상과 감정이 우러나오고, 소박한 말솜씨로 위대한 진리를 알기 쉽게 말하는 사람을 본 적이 없었다.

시인의 이야기에 귀를 기울이고 있던 어니스트에게는 큰 바위 얼굴도 함께 몸을 앞으로 내밀고 귀를 기울이고 있는 것만 같았다. 그는 열심히 시인의 *광채[19] 나는 눈을 들여다보았다.

"손님께서는 비범한 재주를 가지셨으니, 대체 뉘십니까?"

어니스트가 묻자, 시인은 어니스트가 읽고 있던 책을 가리키며,

"당신께서는 이 책을 읽으셨지요? 그러면, 저를 아실 것입니다. 제가 바로 이 책을 지은 사람입니다."

하고 대답하였다.

어니스트는 다시 한 번 전보다 더 열심히 그 시인의 모습을 살폈다. 그리고 큰 바위 얼굴을 바라보고는 이상하다는 표정으로 다시 한 번 손님을 쳐다보았다. 그러나 그의 얼굴에는 실망의 빛이 떠올랐다. 어니스트는 머리를 흔들며 한숨을 내쉬었다.

"왜 슬퍼하십니까?"

시인은 물어 보았다.

"저는 일생 동안 예언이 실현되기를 기다리고 있었습니다. 제가 이 시를 읽을 적에, 이 시를 쓴 분이야말로 그 예언을 실현시켜 줄 분이 아닐까 하고 생각했습니다."

어니스트가 대답하였다.

---

18 기쁜 마음으로 공경하여 사모함.
19 아름답고 찬란한 빛

시인은 얼굴에 약간 미소를 띠면서 말하기를,

"주인께서는 저에게서 저 큰 바위 얼굴과 흡사한 점을 찾기를 원하셨다는 말씀이지요? 그런데 지금 보니 개더골드나, 올드 블러드 앤드 선드나, 올드 스토니 피즈와 마찬가지로 저에 대해서도 역시 실망하셨다는 말씀이지요? 그렇습니다. 저는 그 정도밖에 안 됩니다. 저 역시 앞서 나타난 사람들과 같이 당신에게 또 하나의 실망을 더해 드렸을 뿐입니다. 정말로 부끄럽고 슬픈 이야기입니다마는 저는 저기 있는 인자하고 장엄하게 생긴 얼굴에 비할 가치가 없는 인간입니다."

"왜 그렇습니까? 여기 담긴 생각이 신성하지 않단 말씀입니까?"

시인은 어니스트는 시집을 가리키며 말하였다.

"그 시에는 신의 뜻을 전하는 바가 있습니다. 하늘 나라 노래의 *반향[20]쯤은 들릴 것입니다. 친애하는 어니스트 씨여! 그러나 나의 생활은 나의 사상과 일치하지 못하였습니다. 나 역시 큰 꿈을 가졌었습니다. 그러나 그것들은 다만 꿈이었을 뿐, 나는 빈약하고 *천박[21]한 현실 속에서 살기를 택했고, 그렇게 살아 왔습니다. 솔직하게 말씀을 드리면, 나의 작품들이 자연 속에, 또는 인생 속에 그 존재를 더 확실히 나타냈다고 하는 장엄함이나 아름다움, 지고지순한 가치에 대하여 나 자신이 신념을 가지지 못하는 일도 있었습니다. 그러니 순수한 선(善)과 진리를 찾으려는 당신의 눈이 어떻게 나에게서 저 큰 바위 얼굴을 찾을 수가 있겠습니까?"

시인의 목소리는 슬픔에 젖어 들었고, 눈에는 눈물이 어렸다. 어니스트의 눈에도 눈물이 어렸다.

해가 질 무렵에 오래 전부터 해 오던 대로 어니스트는 야외에서 동네 사람들에게 이야기를 하기로 되어 있었다. 그와 시인은 서로 팔짱을 끼고 그 곳으로 걸어갔다. 그 곳은 나지막한 산에 둘러싸인 야트막한 곳이었다. 뒤에는 회색 절벽이 솟아 있고, 앞에는 많은 담쟁이덩굴이 무성하여 울퉁불퉁한 벼랑을 마치 비단 휘장처럼 덮고 있었다. 공터에는 다른 곳보다 약간 높게 푸른 나뭇잎으로 둘러싸인 곳이 있으니, 그 곳은 한 사람이 들어가서 자기의 진심으로부터 우러나오는 몸짓으로 이야기 할 수 있을 정도의 공간이었다.

어니스트는 자연이 만들어준 연단에 올라가서 따뜻하고 다정한 미소를 지으며 사람들을 둘러보았다. 그들은 설 사람은 서고 앉을 사람은 앉고 기댈 사람은 기대고 하여, 저마다 편한 자세를 취하고 있었다. 서산에 기울어져 가는 해가 그들을 비춰 주었다. 숲 너머로는 예나 이제나 다름없이 유쾌하고 장엄하면서도 인자한 모습의 큰 바위 얼굴이 보였다.

어니스트는 자기의 마음 속 생각들을 청중들에게 이야기하기 시작하였다. 그의 말은 자신의 사상과 일치되어 있었으므로 힘이 있었고, 자신의 사상은 자기의 일상생활과 조화되어 있었으

---

20 소리가 어떤 장애물에 부딪쳐서 반사하여 다시 들리는 현상, 메아리.
21 학문이나 생각 따위가 얕거나, 말이나 행동 따위가 상스럽다.

므로 현실성과 깊이가 있었다. 이 설교자가 하는 말은 단순한 음성이 아니요, 생명의 부르짖음이었다. 그 속에는 착한 행위와 신성한 사랑으로 된 그의 일생이 녹아 있었다. 마치 윤택하고 순결한 진주가 그의 귀중한 생명수 속에 녹아 들어간 것 같았다.

그의 이야기에 귀를 기울이고 있던 시인은 어니스트의 품격이 자기가 쓴 어느 시보다 더 아름답고 고상하다고 느꼈다. 그는 물기 어린 눈으로 그 존엄한 사람을 우러러보았다. 그리고 온화하고 다정하고 사려 깊은 얼굴에 백발이 흩어져 있는 모습이야말로 예언자와 성자다운 모습이라고 혼자서 생각하였다.

저 멀리 서쪽으러 넘어가는 태양의 황금빛 속에 큰 바위 얼굴이 뚜렷하게 드러났다. 그 주위를 둘러싼 흰 구름이 어니스트의 이마를 덮고 있는 백발과도 같았다. 그 광대하고 자비로운 모습은 온 세상을 감싸 안은 듯하였다.

그 순간, 어니스트의 얼굴은 그가 말하려던 생각에 일치되어 자비심이 섞인 장엄한 표정을 지었다. 시인은 참을 수 없는 충동으로 팔을 높이 들고 외쳤다.

"보시오! 보시오! 어니스트 씨야말로 큰 바위 얼굴과 똑같습니다!"

모든 사람들이 어니스트를 쳐다보았다. 그리고 그 지혜로운 시인의 말이 사실인 것을 알았다. 마침내 예언이 실현되었다.

그러나 할 말을 다 마친 어니스트는 시인과 함께 천천히 집으로 돌아가면서, 아직도 자기보다 더 현명하고 착한 사람이 큰

바위 얼굴 같은 모습으로 나타나기를 마음속으로 기원하는 것이
었다.

나다니엘 호손 1804~1864

　　미국의 소설가. 메사추세츠 주 세일럼
　　출생. 그는 청교도 집안에서 태어나 1850
년 그의 대표작이 된 『주홍글씨』를 발표하였다. 청소년들을 위한
「할아버지의 의자」, 「전기 이야기」 등을 간행하기도 하였다. 그
의 작품은 구성이 치밀하고 통일성이 있으며, 내용 면에서도 교
훈적 경향이 강하다는 평을 듣는다.

독후 활동

1 이 소설의 등장인물들의 이름이 뜻하는 바가 무엇인지 이야기해 보세요.

2 소설에 나오는 '시인'은 왜 예언의 인물이 되지 못했나요?

3 우리 주변에 어니스트와 같은 사람이 있으면 이야기해 보세요.

폴 빌라드

이해의 선물

감상의 길잡이

　이 소설은 '나'라는 주인공을 등장시켜 어린이의 순진한 행동과 그것을 이해하는 어른의 마음을 감동적으로 그리고 있다.

　돈에 대한 개념이 전혀 없던 '나'는 위그든 씨 사탕 가게에서 사탕을 사고 돈 대신 버찌씨를 낸다. 위그든 씨는 그 난처한 상황에서 '나'의 버찌씨를 받고 오히려 거스름돈까지 거슬러 준다. 그렇게 함으로써 위그든 씨는 어린 아이들의 마음에 상처를 주지 않고, 오히려 거스름돈을 통해 물건을 살 때는 돈을 내야 한다는 걸 간접적으로 가르쳐 준다.

　그리고 몇 십 년 후 나는 커서 물고기 가게를 하게 되는데, 어린아이 둘이 찾아와 물고기를 고르고 돈을 아주 조금만 낸다. 옛날의 위그든 씨가 그랬던 것처럼 나도 아이들에게 거스름돈을 준다.

　이 소설은 어린이의 천진난만한 세계와, 이를 이해하고 지켜 주려는 어른의 노력이 두 개의 사건 구조를 통해 감동적으로 전달되고 있다. 돈과 거래라는 것을 모르는 순진한 어린이의 논리와, 정상적인 거래가 오가는 어른의 논리가 대립되지만, 이를 이해하는 어른의 **아량과 배려가 있었기에, 그 어린이가 커서 어른이 되었을 때 다시 그런 사랑을 베풀 수 있게 되었음을 그리고 있다.

　간결한 문체와 세부적인 묘사를 통해 내용의 진실함을 담고 있

는 이 작품에서 우리는 '이해의 선물'이란 어린이의 순수한 동심
을 지켜 주고자 한 어른들의 '이해심'임을 알 수 있다.

● 버찌씨 벚나무 열매의 씨.

●●아량과 배려 너그럽고 속이 깊은 마음씨.

내가 위그든 씨의 사탕 가게에 처음으로 발을 들여놓은 것은 아마 네 살쯤 되었을 때의 일이었던 것 같다. 하지만, 그 많은 싸구려 사탕들이 풍기던 향기로운 냄새는 반세기가 지난 지금까지도 아직 내 머릿속에서 생생하게 되살아난다.

가게 문에 달린 조그만 방울이 울릴 때마다 위그든 씨는 언제나 조용히 나타나서, 진열대 뒤에 와 섰다. 그는 꽤 나이가 많았기 때문에 머리는 구름처럼 희고 고운 백발로 덮여 있었다.

나는 그처럼 마음을 사로잡는 맛있는 물건들이 한꺼번에 펼쳐진 것을 본 적이 없었다. 그 중에서 한 가지를 고른다는 것은 꽤나 어려운 일이었다. 먼저 어느 한 가지를 머릿속으로 충분히 맛보지 않고는 다음 것을 고를 수가 없었다. 그러고 나서 마침내 내가 고른 사탕이 하얀 종이 봉투에 담길 때에는 언제나 잠시 괴로운 아쉬움이 뒤따랐다. 다른 것이 더 맛있지 않을까? 더 오래 먹을 수 있지 않을까?

위그든 씨는 골라 놓은 사탕을 봉지에 넣은 다음, 잠시 기다리는 버릇이 있었다. 말은 한 마디도 하지 않았다. 그러나 하얀 눈썹을 치켜 올리고 서 있는 그 자세일 때 다른 사탕과 바꿔 살 수 있는 마지막 기회라는 것을 누구나 알 수 있었다. 계산대 위에 사탕값을 올려놓은 다음에야 비로소 사탕 봉지는 비틀려 돌이킬 수 없이 봉해지고, 잠깐 동안 주저하던 시간은 끝이 나는 것이었다.

우리 집은 전찻길에서 두 구간이나 떨어져 있었는데, 차를 타러 나갈 때에나 차에서 내려 집으로 돌아올 때에는 언제나 그 가게 앞을 지나게 되어 있었다. 어느 날, 어머니는 무슨 볼일이 있어 시내까지 나를 데리고 나가셨다가, 전차에서 내려 집으로 돌아오는 길에, 위그든 씨의 가게에 들르신 일이 있었다.

"뭐, 좀 맛있는 게 있나 보자."

어머니는 기다란 유리 진열장 앞으로 나를 데리고 가셨다. 그때, 커튼 뒤에서 노인이 나타났다. 어머니가 노인과 잠깐 이야기를 나누고 계시는 동안, 나는 눈앞에 진열된 사탕들만 정신없이 바라보고 있었다. 마침내, 어머니는 내게 줄 사탕을 몇 가지 고른 다음, 값을 치르셨다.

어머니는 매주 한두 번씩은 시내에 나가셨는데, 그 당시에는 아이 보는 사람이 없었기 때문에 나는 늘 어머니를 따라다녔다. 어머니는 나를 위해 그 사탕 가게에 들르는 것이 습관처럼 되어버렸고, 처음 들르셨던 날 이후부터는 언제나 먹고 싶은 것을 내가 고르게 하셨다.

그 무렵, 나는 돈이라는 것에 대해서 전혀 아는 것이 없었다. 그저 어머니가 다른 사람에게 무엇인가를 건네주면, 그 사람은 또 으레 무슨 꾸러미나 봉지를 내주는 것을 보고는 '아하, 물건을 사고 파는 건 저렇게 하는 것이구나.' 하는 생각이 마음속에 자리 잡았다.

그러던 어느 날, 나는 한 가지 결단을 내리기에 이르렀다. 위그든 씨 가게까지 두 구간이나 되는 먼 거리를 나 혼자 가 보기로 한 것이다. 상당히 애를 쓴 끝에 간신히 그 가게를 찾아 커다란 문을 열었을 때 귀에 들려오던 그 방울 소리를 지금도 나는 뚜렷이 기억한다. 나는 두근거리는 가슴을 안고 천천히 진열대 앞으로 걸어갔다.

이쪽엔 박하 향기가 나는 납작한 박하사탕이 있었다. 그리고 쟁반에는 조그만 초콜릿 알사탕, 그 뒤의 상자에는 입에 넣으면 흐뭇하게 뺨이 불룩해지는 굵직굵직한 눈깔사탕이 있었다. 단단하고 반들반들하게 짙은 암갈색 설탕 옷을 입힌 땅콩을 위그든 씨는 조그마한 주걱으로 떠서 팔았는데, 두 주걱에 1센트였다. 물론 감초 과자도 있었다. 그것을 베어 문 채로 입 안에서 녹여 먹으면 꽤 오래 우물거리며 먹을 수 있었다.

이만하면 맛있게 먹을 수 있겠다 싶을 만큼 내가 이것저것 골라 내놓자, 위그든 씨는 나에게 몸을 구부리며 물었다.

"너, 이만큼 살 돈은 가지고 왔니?"

"네."

나는 대답했다. 그리고는 주먹을 내밀어, 위그든 씨의 손바닥

에 반짝이는 은박지로 정성스럽게 싼 여섯 개
의 버찌씨를 조심스럽게 떨어뜨렸다.

버찌씨 벚나무 열매의 씨.

위그든 씨는 잠시 자기의 손바닥을 들여다보
더니, 다시 한동안 내 얼굴을 구석구석 바라보
는 것이었다.

"모자라나요?"

나는 걱정스럽게 물었다.

그는 조용히 한숨을 내쉬고 나서 대답했다.

"돈이 좀 남는 것 같아. 거슬러 주어야겠는데……."

그는 구식 금고 쪽으로 걸어가더니, '철컹' 소리가 나는 서랍을
열었다. 그러고는 계산대로 돌아와서 몸을 굽혀, 앞으로 내민 내
손바닥에 2센트를 떨어뜨려 주었다.

내가 혼자 거기까지 가서 사탕을 샀다는 사실을 아신 어머니는
나를 꾸중하셨다. 그러나 돈의 출처는 물어 보지 않으셨던 것으
로 기억된다. 나는 다만, 어머니의 허락 없이 다시는 거기에 가지
말라는 주의를 받았을 뿐이었다. 나는 확실히 어머니의 말씀에
순종했다. 그리고 그 후로 두 번 다시 버찌씨를 쓴 기억이 없는 것
으로 보아, 허락이 있었을 때에는 분명히 1, 2센트씩 어머니가 돈
을 주셨던 것 같다. 그 당시로서는 그 모든 사건이 내게 그리 대단
한 일이 아니었으므로, 바쁜 성장 과정을 거치는 동안, 나는 그 일
을 까맣게 잊고 있었다.

내가 예닐곱 살 되었을 때, 우리 집은 동부로 이사를 갔다. 거기
서 나는 성장하여 결혼도 하고, 가정도 이루게 되었다. 아내와 나

는 외국산 열대어를 길러 파는 장사를 시작했다. 당시는 양어장이 아직 초창기를 벗어나지 못했던 시절이라, 대부분의 물고기는 아시아, 아프리카, 남아메리카 등지에서 직접 수입하고 있었다. 그래서 한 쌍에 5달러 이하짜리는 없을 정도였다.

어느 화창한 오후, 남자 아이 하나가 제 누이동생과 함께 가게에 들어왔다. 남자 아이는 °예닐곱¹ 살 정도밖에는 안 되어 보였다. 나는 바쁘게 어항을 닦고 있었다. 두 아이는 눈을 커다랗게 뜨고, 수정처럼 맑은 물속을 헤엄치고 있는 아름다운 열대어들을 바라보았다. 그러다가 남자아이가 소리쳤다.

"야아! 우리도 저거 살 수 있죠?"

"그럼."

나는 대답했다.

"돈만 있다면야."

"네, 돈은 많아요."

하고 남자아이가 자신 있게 말했다.

그 말하는 폼이 어딘가 친근하게 느껴졌다. 아이들은 얼마 동안 물고기들을 살펴보더니, 손가락으로 몇 가지 종류를 가리키며 한 쌍씩 달라고 했다. 나는 그 아이들이 고른 것을 그물로 건져 휴대 용기에 담은 후, 들고 가기 좋도록 비닐봉지에 넣어 남자아이에게 건네주며 말했다.

"조심해서 들고 가야 한다."

"네."

남자아이는 고개를 끄덕이며 제 누이동생을 돌아보고 말했다.

"네가 돈을 내."

나는 손을 내밀었다. 다음 순간, 꼭 쥐어진 여자 아이의 주먹이 내게 다가왔을 때, 나는 앞으로 일어나게 될 사태를 금세 알아챘다. 그리고 그 어린 소녀의 입에서 나올 말까지도. 소녀는 쥐었던 주먹을 펴고, 내 손바닥에 5센트짜리 백동화 두 개와 10센트짜리 은화 한 개를 쏟아 놓았다.

그 순간, 나는 먼 옛날에 위그든 씨가 내게 물려준 유산이 내 마음 속에서 솟아오르는 것을 느꼈다. 그제서야 비로소, 지난날 내가 그 노인에게 안겨 준 어려움이 어떤 것이었나 알 수 있었고, 그가 얼마나 멋지게 그것을 해결했던가를 깨닫게 되었다.

손에 들어온 그 동전들을 바라보고 있노라니, 나는 그 조그만 사탕 가게에 다시 들어가 있는 기분이었다. 나는 그 옛날 위그든 씨가 그랬던 것처럼 두 어린이의 순진함과, 그 순진함을 보전할 수도 파괴할 수도 있는 힘이 무엇인지를 알게 되었다.

그 날의 추억이 너무나도 가슴에 벅차, 나는 목이 메었다. 소녀는 기대에 찬 얼굴로 내 앞에 서 있었다.

"모자라나요?"

소녀는 작은 목소리로 물었다.

"돈이 좀 남는 걸".

나는 목이 메는 것을 참으며 간신히 말했다.

"거슬러 줄 게 있다."

---

1 여섯이나 일곱쯤 되는 수.

어머니와 함께 수많은 사탕들이 진열되어 있던 위그든 씨의 사탕 가게에 가는 것이 내게는 행복한 추억이었다.

나는 금고 서랍을 뒤져, 소녀가 내민 손바닥 위에 2센트를 떨어뜨려 주었다. 그러고 나서, 자기들의 보물을 소중하게 들고 길을 걸어 내려가고 있는 두 어린이의 모습을 문간에서 지켜보고 서있었다.

　　가게 안으로 들어와 보니, 아내는 어항 속의 물풀들을 다시 가다듬어 놓느라고, 걸상 위에 올라서서 두 팔을 팔꿈치까지 물속에 담그고 있었다.

　　"대관절 무슨 까닭인지 말씀해 보세요."

　　아내가 나를 보고 말했다.

　　"물고기를 몇 마리나 주었는지 아시기나 해요?"

　　"한 삼십 달러어치는 주었지."

　　나는 아직도 목이 멘 채로 대답했다.

　　"하지만, 그럴 수밖에 없었어."

　　내가 위그든 씨에 대한 이야기를 끝마쳤을 때, 아내의 두 눈은 젖어 있었다. 아내는 걸상에서 내려와 나의 뺨에 조용히 입을 맞추었다.

　　"아직도 그 박하사탕의 향기가 잊혀 지지 않아."

　　나는 숨을 길게 내쉬었다. 그리고 마지막 어항을 닦으면서, 어깨 너머에서 들려오는 위그든 씨의 나지막한 웃음소리를 들었다.

작가파일

폴 빌라드 1910~1874

미국의 아동 문학가. 주로 뉴욕의 소거티스에 살면서, 공학자, 수의학자, 생태연구가, 작가로서 다양한 활동을 전개했다. 그는 순수한 아동의 심리 세계를 진실하게 묘사하여 참된 사랑의 교훈을 깨닫게 하는 작품을 주로 썼다. 대표작으로 「안내를 부탁합니다」가 있다.

독후 활동

1 이 소설에서 등장인물들은 서로를 이해하고 배려합니다.
누가 누구를 이해했는지 (　　) 안에 써 보세요.
- 위그든 씨 ― (　　　)
- 나 ― (　　　)

2 위그든 씨와 내가 순진한 아이들의 마음을 이해하는 상징물 역할을
하고 있는 것은 무엇인가요?

3 위그든 씨가 나에게 물려준 유산은 무엇인가요?

헤르만 헤세

나비

감상의 길잡이

「나비」는 '나'를 주인공으로 하는 성장 단편소설이다.

나는 다른 친구들처럼 나비를 잡는 것이 취미이다. 나는 8살인가 9살 때 나비 잡는 일에 푹 빠진다. 내가 사용하는 나비 보관 도구는 헌 종이 상자와 코르크 마개 밖에 없는데, 그에 비해 너무나도 화려한 친구들의 보관 도구를 본 나는 풀이 죽어 친구들에게 나의 나비를 자랑하지 않는다.

어느 날, 나는 보기 드문 푸른 날개의 나비를 잡게 된다. 나는 마음이 흡족하고 자랑스러워서 이웃집 아이인 에밀에게만 그 푸른 나비를 보여 주리라 마음먹는다. 에밀에게 푸른 나비를 보여 주자 에밀은 희귀한 것임을 인정하면서도 나의 보관 방법에 끊임없는 트집을 잡는다. 기분이 상한 나는 더 이상 에밀에게 아무 것도 보여 주지 않을 것이라 생각한다.

2년 후, 나의 나비 잡기에 대한 열성은 아직 식지 않았는데, 에밀이 공작나비를 잡았다고 한다. 나는 공작나비를 그 무엇보다도 가지고 싶은 마음에, 몰래 에밀의 방으로 들어간다. 보관 용기에 있는 공작나비를 보던 나는 꽂혀 있던 핀을 뽑고 서서히 나비를 떼어낸다. 공작나비를 손에 쥐고 나

공작나비

오던 나는 순간 발소리를 듣고 양심의 가책을 느낀다. 그러면서도 본능적으로 나비를 감춘 손을 양복 주머니 속에 넣는다.

몇 걸음 걷던 나는 양심의 가책에 다시 에밀의 방으로 돌아온다. 점박이 공작나비를 다시 원래대로 놓아두려던 나는 주머니 속 공작나비가 오른쪽 앞날개와 더듬이가 망가진 것을 발견한다. 상심에 빠져 집에 와서 어머니에게 모든 것을 털어놓는다. 그러자 어머니는 에밀에게 용서를 빌라고 하신다. 그래서 나는 에밀에게 가 용서를 빈다. 그러나 에밀은 용서를 받아들이지 않고 오히려 화를 낸다. 그리하여 나는 슬픔에 빠진 채 다시 집에 와 나의 나비를 모두 찢어 버린다.

이 소설은 분량은 짧지만 우리에게 많은 생각거리를 던진다. '아름다움은 쉽게 망가질 수 있다'는 다소 좀 어려운 명제에서부터, 객관적으로 분명히 자기가 잘못한 게 맞는데도 속으로는 인정하고 싶지 않아 자신의 세계를 다 파괴해 버리고 싶을 때가 있다는 그것까지.

내가 나비를 잡기 시작한 것은 여덟 살인가 아홉 살 때부터이다. 처음엔 큰 관심 없이 다른 애들이 다하니까 나도 해보는 정도였다.

그런데 열 살쯤 된 두 번째 여름에 나는 완전히 이 유희에 빠져서, 다른 일은 전혀 돌보지 않게 되었다. 그래서 주위 사람들은 나를 말리지 않으면 안 되겠다고까지 걱정을 하게 되었다.

나비 잡기에 열중하면 학교의 수업 시간도, 점심도 잊어버리고, 시계탑의 종이 우는 것도 귀에 들어오지 않았다.

학교를 쉬는 날은 빵 한쪽을 호주머니에 넣고는 아침 일찍부터 밤늦게까지 끼니도 거르면서 뛰어다니곤 하였다.

지금도 아름다운 나비를 보면, 이따금 그때의 열정이 몸에 스미는 듯 느껴진다. 그럴 때면 나는 잠시 어린이만이 느낄 수 있는 뭐라고 표현할 수 없는 황홀감에 사로잡힌다.

소년 시절에 처음으로 노랑나비를 찾아냈던 그때의 기분 그대로를 느낄 수 있는 것이다.

또한 그럴 때면 어린 날의 무수한 순간들이 홀연히 떠오른다. 풀향기가 코를 찌르는 메마른 벌판의 찌는 듯한 무더운 낮과 정원 속의 서늘한 아침 그리고 신비스러운 숲 속의 저녁. 나는 마치 보물을 찾아 헤매는 사람처럼 포충망을 들고 나비를 노리는 것이었다.

그리하여 아리따운 나비를 발견하면 — 특별히 진귀한 것이 아니더라도 좋았다. 꽃 위에 앉아서 고운 빛깔의 날개를 호흡과 함께 파르르 떨면서 햇볕 아래 졸고 있는 것을 보면 — 그것을 잡는 기쁨에 숨이 막힐 지경이 되어 살금살금 다가섰다.

반짝이는 반점의 하나하나, 날개 속에 드러난 맥줄의 하나하나가 눈에 뚜렷이 보이면, 그 긴장과 환희란 이루 다 말할 수가 없었다. 그때의 그 미묘한 기쁨과 거센 욕망의 교차를 그 뒤엔 자주 느낄 수 없었다.

부모님께서 좋은 나비 보관 도구를 마련해 주시지 않았기 때문에 나는 잡은 나비들을 낡은 헌 종이 상자에 두는 수밖에 없었다. 병마개에서 뽑은 동그란 코르크[*]를 밑바닥에 붙이고 그 위에 핀을 꽂는 것이었다.

코르크 코르크나무의 겉껍질과 속껍질 사이의 두껍고 탄력 있는 부분을 잘게 잘라 가공한 것.

이렇게 초라한 상자 속에다 나의 보물을 간직해야만 했다. 처음 한동안은 이 수집물을 친구에게 즐겨 보여 주었지만, 친구들이 가진 도구는 대개 유리뚜껑이 달린 나무 상

'나'는 꽃 위에 앉아 고운 빛깔의 날개를 뽐내는 나비의 매력에 빠져들었다.

자에 푸른빛 거즈를 친 사육 상자와 그 밖의 여러 가지 사치스
런 것들이므로, 내가 가진 유치한 도구를 더 자랑할 수가 없게
되었다. 뿐만 아니라 아주 보기 드물고 특별한 나비가 손에 들어
와도 남에게는 비밀로 하고 내 누이들에게만 이것을 보여 주곤
하였다.

어느 날 나는 우리 고장에서 보기 드문 푸른
날개의 나비를 잡았다. 날개를 펴서 그것을 말
린 다음 나는 하도 들뜨고 자랑스러워 꼭 이웃
집 아이에게만은 보여주리라고 생각했다.

푸른부전나비

이웃집 아이란 뜰 건너편 집에 사는 교사의
아들이다. 이 소년은 흠잡을 데 없을 만큼 깜찍
한 녀석으로 아이로서는 어딘지 못마땅한 데가 없지도 않았다.

그의 수집물은 그리 대단하지는 않았지만, 깨끗하게 잘 보존된
점과 섬세한 솜씨는 보석을 간직한 것과 다름이 없었다. 게다가
그는 나비의 찢긴 날개를 풀로 이어 붙이는, 남이 잘 못하는 어려
운 기술을 가지고 있었다. 어쨌든 모든 점에서 그는 모범적인 소
년이었다. 그 때문에 나는 그를 부러워하면서도 속으로는 미움을
갖고 있었다.

이 소년에게 푸른 날개의 나비를 보였더니 그는 무슨 전문가나
되는 듯이 그것을 세세히 보고 나더니, 신기한 것임을 인정하면
서 10 페니히짜리 값은 된다고 하였다.
　　독일의 화폐 단위
그러나 한편으로 그는 트집을 잡기 시작했다. 날개를 편 방식
이 나쁘다느니, 오른쪽 촉각이 비틀어졌다느니 하며, 제법 그럴
　　더듬이

듯한 결함을 늘어놓았다. 나는 그러한 결점들을 그다지 대단한 것이라고는 생각지 않았으나, 그의 트집으로 인해 내 푸른 날개의 나비에 대한 기쁨은 물거품처럼 사그라들고 말았다. 그래서 나는 두 번 다시 그에게 수집물을 보여주지 않았다.

이태가 지나서 우리는 꽤 머리가 굵은 소년이 되었는데, 그때
두 해
도 나비 잡기에 대한 나의 열정은 변함이 없었다.

점박이 나비

그때 이웃집 에밀이 점박이 를 번데기에서 길러냈다는 소문이 퍼졌다. 나는 이 말을 들을 때만큼 흥분한 적이 없었다. 내가 아는 동무들 중에서는 아직 점박이를 잡은 사람이 없었다.

나 역시 내가 가진 낡은 책에서 그림으로 보았을 뿐이다. 나비 이름을 알면서도 아직 잡아보지 못한 것 중에서 나는 점박이를 그 어떤 것보다도 가지고 싶어 했다. 몇 번이고 나는 책 속의 그림을 들여다보았다.

한 친구는 내게 이런 말을 하였다. 나무둥치나 바위에 앉아 있
큰 나무의 밑동
는 이 갈색 나비는 새나 다른 짐승이 자기에게 덤벼들려고 하면 거무스름한 앞날개를 펼치고 아름다운 뒷날개를 드러내 보일 뿐인데, 그 빛나는 커다란 무늬가 매우 이상한 모양이라서, 새는 겁을 먹고 함부로 덤비지 못한다고……

에밀이 이 이상한 나비를 가졌다는 소문을 듣고부터 나의 흥분은 절정에 이르렀다. 그것을 꼭 한번 보고 싶어 견딜 수 없었다.

나는 식사 후 틈을 이용해 뜰을 건너서 이웃집 4층으로 올라갔

다. 교사의 아들인 에밀은 이 4층에 작으나마 제 방을 하나 차지하고 있었다. 그것이 내게는 얼마나 부러웠는지 모른다.

방으로 가는 도중에 나는 아무와도 마주치지 않았다. 문을 두드려 보았지만 아무런 대답이 없었다. 에밀이 없는 모양이었다. 문의 손잡이를 돌려 보니 문은 그대로 열려 있었다.

어쨌든 실물을 한번 보리라는 생각에 나는 안으로 발을 들여놓았다. 그리고 에밀이 나비를 보관하는 두 개의 커다란 상자를 집어 들었다. 어느 상자에도 점박이는 들어 있지 않았다.

그런데 문득 날개 판에 물려져 있을지도 모른다는 생각이 들어 찾아보니 과연 생각한 그대로였다. 갈색 비로드 날개가 길쭉한 종이쪽 위에 펼쳐진 채 날개 판에 걸려 있었다.

나는 그 앞에 허리를 굽히고, 털이 돋친 적갈색의 촉각과 그지없이 아름다운 빛깔을 띤 날개의 선과 밑 날개 양쪽선이 있는 양털 같은 털을 바로 곁에서 들여다 볼 수 있었다. 그러나 그 유명한 무늬만은 보이지 않았다. 종이쪽에 가려져서 보이지 않았다.

가슴이 두근거렸지만 나는 유혹에 끌려 종이쪽을 떼어 내고 꽂혀 있는 핀을 뽑았다. 그러자 네 개의 커다란 무늬가 그림에서보다도 훨씬 더 아름답게 훨씬 더 찬란하게 나의 눈앞에 드러났다.

이것을 본 나는, 이 보배를 내 손에 넣고 싶은, 견딜 수 없는 욕망으로 난생 처음 도둑질을 했다. 나비는 이미 말라있어서, 웬만큼 손을 대어도 형체가 일그러지지 않았다. 나는 그것을 손바닥 위에 바쳐 들고 에밀의 방을 나왔다. 나는 그때 어떤 커다란 만족감 이외에는 아무 생각도 없었다.

나비를 오른쪽 손에 감추고 계단을 내려갔다. 이때였다. 아래편에서 위로 사람이 올라오는 발자국 소리가 났다. 그 순간 나는 양심의 눈을 뜨고 말았다. 나는 별안간 내가 도둑질을 했다는 것과 비겁한 놈이라는 것을 깨달았다. 그와 동시에 들키면 어쩌나 하는 무서운 불안에 사로잡힌 나는 본능적으로 나비를 감추었던 손을 그대로 양복 저고리 주머니 속에다 우겨 박았다.

그리고 천천히 발을 떼어놓았다. 그러면서 속으로, 해선 안될 일을 했다는 부끄러운 생각에 가슴이 싸늘해졌다. 나는 뒤이어 올라온 하녀와 어물어물 엇갈리며 계단을 내려왔다. 나는 그때까지도 가슴이 두근거리고 이마에 땀이 솟고 있었다. 마침내 나는 침착함을 잃고 벌벌 떨며 현관에 우뚝 섰다.

이 나비를 가져서는 안 된다. 될 수만 있다면 그전 상태로 돌려 놓아야겠다. 나는 이런 생각으로 마음이 괴로웠다.

그리고 혹시 사람의 눈에 띠지나 않을까, 이 점을 가장 두려워하면서도 날쌔게 발길을 돌려 계단을 뛰어 올라갔다. 그리고 1분 후에는 다시 에밀의 방 가운데 나 자신이 서 있다는 것을 알게 되었다.

나는 주머니에서 나비를 꺼내 책상 위에다 올려놓았다. 나는 그것을 보기 전에 벌써 어떤 불행이 생겼다는 것쯤은 미리 짐작했었다. 그저 울고 싶은 생각뿐이었다. 아나나 다를까. 점박이는 보기 싫게 망가져 주머니 속에서 꺼내려고 하니까 산산이 부서져서 이제는 이어 붙일 수조차 없게 되었다.

도둑질을 했다는 생각보다도 그 아름답고 찬란한 나비를 내 손으로 망가뜨렸다는 것이 나로서는 더 괴로운 일이었다. 날개에 있는 갈색 분이 온통 나의 손끝에 묻어 있는 것을 보았다. 그리고 또 산산이 부서진 날개가 책상 위에 이리저리 흩어진 것을 보았다. 그것을 완전하게 원형대로 고쳐 놓을 수만 있다면, 내가 간직한 무엇이든지 나는 기꺼이 버릴 수 있었을 것이다.

우울한 생각으로 가득차 집에 돌아온 나는 하루 종일 좁은 뜰 안에 주저앉아 있었다. 그러다가 마침내 나는 용기를 내어 모든 일을 어머니에게 말씀드리고 말았다. 어머니는 놀라움과 슬픔에 잠겨 어쩔 줄을 몰라 하셨다.

그리고 나의 고백이 나 자신으로서는 그냥 벌을 받는 일보다 몇 배나 더 괴로운 일이었다는 것도 넉넉히 짐작하시는 눈치였다.

"너는 지금 바로 에밀에게 가야 한다."

어머니는 한마디로 잘라 말했다.

"에밀을 찾아가서 사실을 고백하고 용서를 빌어라. 그것말고는 아무런 방법이 없다. 네가 가진것 중에서 하나로 대신해서 변상해 주겠다고 말해 보렴. 용서를 빌어야지."

만일 모범 소년인 에밀이 아니고 다른 친구였다면 나는 용서를 비는 것쯤 서슴지 않았을 것이다. 그가 나의 고백을 이해해 주거나 나의 사과를 받아 주거나 하지 않을 거란 사실을 나는 미리부터 잘 알고 있었다.

그럭저럭 밤이 되었으나 나는 그때까지도 그를 찾아갈 용기를 내지 못한 채 주저하고만 있었다. 어머니는 내가 뜰에 있는 것을 보고 나지막한 소리로 말하였다.

"오늘 중으로 갔다 와야 해. 지금 바로 가렴."

나는 에밀을 찾아갔다. 그는 나를 만나자 곧 점박이에 관한 말을 꺼냈다. 누가 그랬는지 점박이를 아주 못쓰게 만들어 놓았다고 하면서, 사람의 소행인지 혹은 고양이가 그랬는지 알 수 없는 일이라 하였다. 나는 그 나비를 좀 보여 달라고 청했다.

우리 둘은 방으로 올라갔다. 그는 촛불을 켰다. 못쓰게 된 그 나비가 날개판 위에 올려져 있었다.

에밀이 그 날개를 손질하느라고 무척 고심한 흔적이 역력히 보였다. 그는 부서진 날개를 정성껏 주워 모아서 작은 압지 위에 펴 놓았다. 그러나 그것은 본디 모양으로 바로잡힐 가망이 없었다. 촉각도 떨어진 그대로였다.

나는 그제야 그것이 나의 소행인 것을 밝혔다. 그랬더니 에밀은 격분하지도 나를 큰 소리로 꾸짖지도 않고, 혀를 차며 한동안 나를 지켜보다가, 나직한 소리로 말하였다.

"알았어. 말하자면 너는 그런 자식이란 말이지."

나는 그에게 내 장난감을 모두 주겠다고 하였다. 그래도 그는 듣지 않고 냉담하게 도사리고 앉아 여전히 나를 비웃는 눈으로 지켜보고만 있을 뿐이었다. 하는 수 없이 이번에는 내가 수집한 나비의 전부를 주겠다고 하였다.

"뭐, 그렇게까지 하지 않아도 좋아. 나는 네가 모은 것이 어떤 것인지 잘 알고 있어. 게다가 오늘은 네가 나비를 다루는 성의가 어떻다는 것을 알만큼은 알았으니까."

그 순간 나는 녀석의 멱살을 움켜쥐고 싶었다.

하지만 이제는 아무런 도리가 없음을 알았다. 나는 아주 나쁜 놈으로 판정되고 에밀은 천하에 정직한 사람이 되어, 정의를 방패삼아 모멸적인 태도로 내 앞에 버티는 것이었다.

그는 욕설을 늘어놓지도 않았다. 다만 나를 바라보면서 경멸할 따름이었다.

그때 나는 비로소, 한 번 저지른 일은 어떤 방법으로도 다시 바로잡을 도리가 없다는 것을 깨달았다.

나는 그 자리에서 물러섰다. 어떻게 되었느냐고 묻지도 않고, 나에게 키스만을 하고 내버려 두는 어머니가 고마웠다. 어머니는 나더러 그만 자리에 들라고 하였다

그러나 나는 갈색으로 된 두껍고 커다란 종이 상자를 침대 위에 올려놓고 어둠 속에서 뚜껑을 열었다. 그리고 그 속에 든 나비들을 하나하나 끄집어내어 손끝으로 비벼서 못쓰게 만들어 버렸다.

헤르만 헤세 1877~1962

독일계 스위스인. 시인, 소설가, 화가.
독일의 남부 소도시 칼프에서 태어나 끝
없이 낭만을 추구한 작가였다. 항상 과거를
되돌아보면서 청춘을 그리워했고, 이성을 향한 동경이나 호기심,
그 시절의 감미로운 심리 묘사들이 잘 드러나는 작품을 많이 썼
다. 대표작으로『페터 카멘친트』,『데미안』등이 있으며,『유리알
유희』로 노벨문학상을 받았다.

독후 활동

1 이 소설에서 주인공과 갈등 관계에 있는 인물은 누구인가요?

2 주인공이 에밀에 대해 느끼는 감정에 대해 말해 보세요.

3 주인공이 '나비 잡기'에 미쳐 있는 것처럼, 여러분들도 어려서 뭔가
  에 미쳐 지낸 일이 있다면 말해 보세요.

알퐁스 도데

별

감상의 길잡이

　　이 소설은 알퐁스 도데의 출세작이라고 할 수 있는 단편집 『풍차 방앗간 소식』에 실려 있다.

　　이 소설은 양치기인 '나'를 주인공으로 하는 1인칭 주인공 소설로 내가 뤼르봉 산에서 양을 치고 있을 때의 이야기이다. 나는 이 주일에 한 번씩 양식을 실어다 주는 일꾼의 모자가 보일 때면 기뻐서 어쩔 줄을 몰라 했다. 그때마다 나는 주인집 딸인 스테파네트 아가씨의 소식을 물었는데, 나는 그 때 스무 살이었고, 스테파네트 아가씨는 내가 보아 온 사람들 중에서 가장 아름다운 사람이었기 때문이다.

　　어느 날, 스테파네트 아가씨가 노새를 몰고 왔다. 주인집 꼬마는 아프고, 일하는 아주머니도 안 계셔서 몸소 노새를 몰고 온 것이다. 아가씨 차림은 매우 아름다웠으며, 나는 아가씨를 바라보느라 넋을 잃는다. 아가씨는 나에게 호기심에 가득 찬 여러 가지 질문을 하다 마을로 내려간다.

　　저녁이 다 되었는데 아가씨가 다시 돌아와 초췌한 모습으로 서 있다. 아마도 아가씨는 강을 건너려다가 물에 빠질 뻔한 모양이었다. 나는 아가씨를 울타리 안에서 잘 수 있도록 해 주고 밤하늘의 별들을 바라보고 있다. 아가씨는 내 옆으로 와 이야기를 나눴다.

　　"어머나! 그럼 별들도 결혼을 하니?"

"그럼요 아가씨."

아가씨는 날이 샐 때까지 내 어깨에 기대어 잠이 들었다. 나는 별님 하나가 내 어깨에 내려와 고이 잠들어 있다는 생각을 하며 아가씨를 지켜준다.

이 작품은 별 이야기를 통해 목동의 마음을 간접적으로 표현하는 기법으로 한 목동의 순진무구한 사랑의 감정을 그리고 있다. 또 천상과 지상, 별과 인간을 대비시켜 천상의 별만이 가지는 청순하고 아름다운 세계를 형상화 하여 인간의 순수성을 추구하고 있다.

내가 뤼르봉 산에서 양을 치고 있을 때의 이야기이다. 나는 몇 주일 동안 사람 그림자도 구경 못하고, 양떼와 사냥개 검둥이만 데리고 홀로 목장에 남아 있어야 했다. 이따금 몽드뤼르의 은자들이 약초를 찾아 그 곳을 지나가는 일도 있었고, 또는 피에몽에서 온 숯 굽는 사람의 거무데데한 얼굴이 눈에 띄는 일도 있었다.

> 숨어 사는 사람

그러나 그들은 하도 외로운 생활을 해 온 나머지 좀처럼 입을 여는 일이 없는 순박한 사람들이어서 남에게 말을 거는 취미도 잃어버렸거니와, 도무지 무엇이 지금 산 아래 여러 마을이나 읍에서 이야깃거리가 되고 있는지를 통 모르는 사람들이었다.

그러기에 2주일에 한 번씩 보름치의 식량을 실어다 주는 우리 농장 노새의 방울 소리가 언덕 밑에서 들려올 때, 그리고 꼬마 미

아로의 그 또랑또랑한 얼굴이나 혹은 늙은 노라드 아주머니의
*다갈색[1] 모자가 언덕 위에 *남실남실[2] 떠오를 때면 나는 너무나
기뻐서 어쩔 줄을 몰랐던 것이다.

그때마다 나는 어느 집 어린이가 세례를 받았고 누가 결혼을
했는지 그 사이 산 아랫마을에서 일어난 일을 캐묻곤 했다. 그러
나 무엇보다도 가장 듣고 싶은 소식은 주인댁 따님, 이 근처 백 리
안에서 가장 예쁘다는 우리 스테파네트 아가씨가 어떻게 지내는
지를 아는 일이었다.

나는 별로 관심이 없는 척하며 아가씨가 자
주 무도회에 가고 저녁 나들이를 하는지, 또는
지금도 새로 나타난 멋쟁이들이 잇달아 아가씨
의 환심을 사러 오는지 따위를 넌지시 물어보
곤 하였다.

무도회 성장을 하고 춤을 추며 즐기는 서
양식 사교 모임.

그리고 만일 "너 같은 일개 목동이 그런 건
알아서 무엇하느냐?"고 묻는 사람이 있다면, 나는 지금도 이렇게
대답할 것이다. 그때 내 나이 스무 살이었고, 스테파네트 아가씨
는 지금까지 한평생 내가 보아 온 사람들 가운데 가장 아름다운
사람이었다고.

어느 일요일이었다. 보름치의 식량이 오기를 눈이 빠지도록 기

---

1 조금 검은빛을 띤 갈색.
2 보드랍고 가볍게 자꾸 움직이는 모양.

다리고 있는데, 그날따라 식량이 아주 늦게야 겨우 도착했다. 아침에는 '큰 미사를 보고 오기 때문에 그럴 테지.' 생각했다. 그런데 점심때에는 소나기가 퍼부었다. 그래서 이번에는, 길이 나빠서 그럴 테지, 하며 초조한 마음을 달래었다. 그러다 드디어 세 시쯤 말끔히 개인 하늘 밑에 온 산이 비에 젖고 햇빛을 받아 눈부시게 반짝일 때였다.

나뭇잎에 물방울 떨어지는 소리와 개천에 물이 불어 넘쳐흐르는 소리에 섞여 문득 방울 소리가 들려왔다. 그것은 흡사 부활절 날 여러 종루에서 일제히 울려퍼지는 종소리만큼이나 즐겁고 경쾌한 소리였다.

노새

버들고리 고리버들의 가지로 엮어 만든, 옷을 넣는 상자.

그러나 노새*를 몰고 온 사람은 꼬마 미아로도 아니고 늙은 노라드 아주머니도 아니었다. 그것은 뜻밖에도 바로 우리 아가씨였다. 우리 아가씨가 노새 등에 실린 버들고리*사이에 의젓이 올라타고 몸소 나타난 것이었다. 아가씨의 볼은 맑은 산의 정기와 깨끗한 공기를 씻겨 온통 발갛게 상기 되어 있었다.

미아로 꼬마는 앓아누워 있고, 노라드 아주머니는 휴가를 얻어 자기 아이들을 보러 갔다는 것이었다. 그리고 아름다운 스테파네트 아가씨는 덤불 속에서 길을 잃고 헤맸다는데, 아가씨 머리에 꽂은 꽃 리본이며 그 눈부신 스커트, 그리고 그 곱게 빛나는 레이스로 단장한 화려한 옷차림을 보면, 차라리 어느 무도회에라도 들러서 놀다가 늦어진 것처럼 보일 지경이었다.

아아, 귀여운 아가씨! 스테파네트 아가씨는 아무리 바라보아도 싫증이 나지 않았다. 이때까지 아가씨를 이렇게 가까이서 보는 것은 처음이었다. 겨울이 되어 양떼를 몰고 들로 내려가 저녁을 먹으러 농장으로 돌아가면, 이따금 아가씨가 식당을 가로질러 갈 때도 있었다. 그러나 우리 같은 하인들에게 말을 거는 일은 없었다. 늘 아름답게 차려 입고 약간은 거만해 보였는데……, 그런데 지금 그 아가씨가 바로 내 눈앞에 와 있는 것이었다. 오로지 나만을 위해서. 그러니 그만하면 넋을 잃을 법도하지 않은가?

바구니에서 식량을 내리기 무섭게 스테파네트 아가씨는 신기하다는 듯이 주위를 둘러보기 시작했다. 아가씨는 아름다운 나들이옷을 더럽힐까 봐 스커트 자락을 살짝 걷어 올리더니, 양을 몰아넣는 울타리 안으로 들어갔다. 내가 자는 구석이며 양 모피를 깐 짚자리며 벽에 걸린 커다란 두건 달린 외투며 내 채찍, 그리고 엽총 따위를 보고 싶어 했다. 그 모든 것이 아가씨에게는 재미있고 즐거웠던 것이다.

"그래, 여기서 산단 말이지? 참 가엾기도 해라. 밤낮 이렇게 외로이 세월을 보내면 얼마나 갑갑할까! 무얼 하며 시간을 보내지? 무슨 생각을 하며?"

'아가씨 생각을 하면서요.'

이렇게 대답하고 싶은 생각이 불현 듯 치밀었다. 사실 그렇게 대답한대도 거짓은 아니었을 것이다. 그러나 그 순간 나는 어찌나 당황했던지 한 마디도 선뜻 말이 나오지 않았다. 아마 그러한 낌새를 눈치 채고 깜찍스런 아가씨가 일부러 얄궂은 질문을 던지고는, 내가 쩔쩔매는 꼴을 보며 기뻐하고 있었을지도 모른다.

"그럼 예쁜 여자 친구라도 가끔 놀러 오니? 정말 여자 친구가 여기에 오면, 황금의 양이나 저 산봉우리 위로만 날아다닌다는 에스테렐 선녀를 보는 듯하겠구나."

이런 말을 하며 머리를 뒤로 젖혀 웃는 귀여운 몸짓이라든지, 요정처럼 왔다가 금방 가버리는 아가씨야말로 내게는 영락없이 에스테렐 선녀같이만 보였다.

"잘 있거라. 목동아."

"안녕히 가셔요. 아가씨."

마침내 아가씨는 빈 바구니를 노새 등에 싣고 떠났다.

아가씨가 비탈진 산길로 *가뭇없이[3] 사라진 뒤에도, 노새 발굽에 채어 굴러 떨어지는 돌멩이 소리가 여전히 들려왔다. 그리고 그 돌멩이 소리 하나하나가 그대로 내 심장에 덜컥덜컥 떨어져 내리는 것 같았다.

나는 오래오래 그 소리에 귀를 기울였다. 해 질 무렵까지 그 애틋한 꿈이 달아날까 봐 두려워 감히 손 하나 까딱 못하고 우두커니 서 있었다.

해가 지고 산골짜기들이 점차 어두운 빛으로 변하면서, 양들도 울타리 안으로 돌아오려고 '매매' 울며 서로 몸을 비비대고 있을 무렵이었다. 바로 그때 저 아래 언덕배기에서 나를 부르는 소리가

언덕의 꼭대기

들려 오는가 싶더니 아가씨가 나타났다. 아가씨는 조금 전 생글 생글 웃던 모습은 온데간데없고, 물에 흠뻑 젖어서 추위와 공포로 오들오들 떨고 있었다. 아마 언덕 아래 소르그 강이 소나기에 물이 불었는데, 기를 쓰고 굳이 건너려다가 그만 물에 빠질 뻔한 모양이었다.

난처한 일은 그렇게 날이 저물고 보니 농장으로 돌아 갈 생각은 아예 꿈도 꿀 수 없게 되었다는 것이다. 지름길이 있긴 했지만 아가씨 혼자서는 도저히 찾아갈 수 없을 것이고, 그렇다고 내가 양떼를 내버려 두고 아가씨와 동행할 수도 없는 노릇이었기 때문이다.

걱정하고 있을 가족들 생각에 아가씨는 안절부절 못했다. 나는 그런 아가씨를 안심시켜 드리려고 최선을 다하는 수밖에 다른 방법이 없었다.

"7월이라 밤도 아주 짧습니다. 아가씨, 조금만 참으시면 돼요."

그러고 나서 나는 황급히 불을 피워 아가씨의 발과 시냇물에 젖은 옷을 말리게 했다. 그리고 우유와 치즈를 가져다주었다. 그러나 가엾은 아가씨는 불을 쬐려고도, 무엇을 먹으려고도 하지 않았다. 구슬 같은 눈물을 글썽이는 걸 보니 나도 그만 울고 싶어졌다.

마침내 밤이 오고야 말았다. 아득한 산꼭대기에 겨우 싸라기만

---

3 눈에 띄지 않게 감쪽같이.

큼이나 햇볕이 남아 있어, 서쪽 하늘에 증기처럼 한 줄기 빛이 비껴 있을 뿐이었다. 나는 아가씨가 울타리 안에 들어가 쉬기를 바랐다. 새 짚 위에 한 번도 써 보지 않은 새 모피를 깔아 놓고 안녕히 주무시라고 인사한 다음, 나는 밖에 나와 문 앞에 앉았다.

비록 누추할망정 잠든 얼굴을 신기한 듯 들여다보는 양들 곁에서, 스테파네트 아가씨가 , 양들 중에서 가장 순결하고 귀여운 한 마리 양처럼, 내 보호를 받으며 편히 쉬고 있다고 생각하니 자랑스러운 마음이 벅차오를 뿐이었다. 이때까지 밤하늘이 그렇게도 유난히 깊고, 별들이 그렇게도 찬란하게 보인적은 없었다.

그때 갑자기 사립문이 열리더니 아름다운 스테파네트 아가씨가 나타났다. 아가씨는 잠을 이룰 수 없었던 것이다. 양들이 뒤척일 때마다 짚이 버스럭거리고, 혹은 잠결에 '매' 하고 우는 놈도 있었으니까. 그래서 차라리 밖에 나가 모닥불 곁에 있는 게 낫겠다 싶었던 것이다.

나는 모피를 벗어 아가씨 어깨 위에 걸쳐 주고, 모닥불을 더 세게 지폈다. 그리고 우리 둘은 아무 말 없이 나란히 앉아 있었다.

만약 한번만이라도 밖에서 밤을 새워 본 일이 있는 사람이라면, 인간이 모두 잠든 깊은 밤에는, 또 다른 신비로운 세계가 고독과 적막 속에 눈을 뜬다는 것을 잘 알고 있을 것이다. 그 때 샘물은 훨씬 더 맑은 소리로 노래하고, 연못에는 자그마한 불꽃들이 반짝인다. 요정들이 이리저리 날아다니는 소리, 나뭇가지가 자라는 바스락거리는 소리. 이런 것들에 익숙지 않은 사람들은 좀 무서운 느낌이 들 수도 있을 것이다.

그래서인지 우리 아가씨도 무슨 바스락 소리만 들려도 그만 소
스라치게 놀라 내게로 바싹 다가앉는 것이었다.

한순간 저편 아래쪽 연못에서 처량하고 긴 소리가 은은하게 울
려오더니 아름다운 유성 하나가 긴 꼬리를 끌며 빠른 속도로 우
리들 머리 위를 스쳐지나갔다.

"저게 뭘까?"

스테파네트 아가씨가 나지막한 목소리로 물었다.

"천국으로 들어가는 영혼이지요."

이렇게 대답하고 나는 성호를 그었다.

아가씨도 나를 따라 성호를 긋고는 잠시 고개를 들어 하늘을
쳐다보며 깊은 명상에 잠겼다, 이렇게 불쑥 물었다.

"그게 정말이니? 너희들 목동은 모두 점쟁이라면서?"

"천만에요, 아가씨, 그러나, 우리는 여기서 남들보다는 더 별들
과 가까이 지내는 셈이지요. 그러니 평지에 사는 사람들보다는
별나라에서 일어나는 일을 더 잘 알 수 있답니다."

아가씨는 여전히 공중을 쳐다보고 있었다. 그렇게 손으로 턱을
괸 채 모피를 두르고 있는 모습은 그대로 귀여운 천국의 목자였
습니다.

"별이 참 많기도 하다. 저렇게 많은 별은 생전 처음 봐. 넌 저 별
들 이름을 잘 알겠지?"

"그럼요, 아가씨. 자! 바로 우리들 머리 위를 보셔요. 저게 '성
야곱의 길'이랍니다. 프랑스에서 곧장 에스파니아 상공으로 통하
은하수   스페인

지요. 샤를르마뉴 대왕께서 사라센 사람들과 전쟁을 할 때에, 바로 갈리스의 성 쟈크가 그 용감한 대왕께 길을 알려 주기 위해서 그어놓은 것이랍니다. 좀 더 저 쪽으로 '영혼들의 수레'와 그 번쩍이는 *굴대[4] 네 개가 보이지요? 그 앞에 있는 별 셋이 '세 마리 짐승'이고, 그 세 번 째 별 바로 곁에 *다가붙은[5] 작은 꼬마별이 '마부'이고요, 그 언저리에 온통 빗발처럼 떨어지는 별들이 보이죠? 그건 하느님께서 당신 나라에 들이고 싶지 않은 영혼들이랍니다.

시리우스 큰개자리에서 가장 밝은 청백색의 별.

저편 좀 낮은 쪽에, 저것 보십시오. 저게 '갈퀴' 또는 삼왕성이랍니다. 우리들 목동에게는 시계 구실을 해 주는 별이지요. 그 별을 쳐다보기만 해도, 나는 지금 시각이 자정이 지났다는 걸 안답니다. 역시 남쪽으로 좀 더 아래로 내려가서, 별들의 횃불인 장 드 밀랑이 반짝이고 있습니다. 저 별에 관해서는 목동들 사이에 다음과 같은 얘기가 전하고 있답니다.

어느 날 밤, 장 드 밀랑은 삼왕성과 '병아리장'들과 함께 그들 친구 별의 잔치에 초대를 받았나 봐요. '병아리장'은 남들보다 일찍 서둘러서 맨 먼저 떠나 윗길로 접어들었다나요. 저 위쪽으로 하늘 한복판을 보셔요. 그래서 삼왕성은 좀 더 아래로 곧장 가로질러 마침내 '병아리장'을 따라갔습니다. 그러나, 게으름뱅이 장

---

4 수레바퀴의 한가운데에 뚫린 구멍에 끼우는 긴 나무 막대나 쇠막대.

5 틈이 없이 서로 가까이 붙다.

밤하늘을 수놓은 별을 함께 바라보며 '나'와 스테파노 아가씨는 마음이 따뜻해진다.

드 밀랑은 너무 늦잠을 자다가 그만 맨꼬리가 되었어요. 그래 발
끈해 가지고 그들을 멈추게 하려고 지팡이를 냅다 던졌어요. 그
래서 삼왕성을 '장 드 밀랑의 지팡이'라고도 부른답니다.

그렇지만 온갖 별 중에도 제일 아름다운 별은요, 아가씨, 그 건
뭐니뭐니 해도 역시 우리들의 별이죠. 저 '목동의 별' 말입니다. 우
리가 새벽에 양떼를 몰고 나갈 때나 또는 저녁에 다시 몰고 돌아
올 때, 한결 같이 우리를 비추어 주는 별이랍니다. 우리들은 그 별
을 '마글론'이라고도 부르지요.

아름다운 마글론은 '프로방스의 피에르'의 뒤를 쫓아가서 칠년
에 한 번씩 결혼을 한답니다."

_{토성}

"어머나! 그럼 별들도 결혼을 하니?"

"그럼요, 아가씨."

그리고 그 결혼에 대해 이야기하려고 할 때, 뭔가 싱그럽고 부
드러운 것이 살며시 내 어깨에 얹히는 듯한 느낌이 들었다. 아가
씨가 졸음에 겨워 그만 가만히 내 어깨에 머리를 기댄 것이었다.

아가씨는 먼동이 터 올라 별들이 빛을 잃을 때까지 그대로 내
게 머리를 기대고 있었다. 나는 아가씨의 잠든 얼굴을 지켜보며
꼬빡 밤을 새웠다. 가슴이 설레었지만, 그래도 내 마음은 아름다
운 것만을 생각하게 해주는 밤하늘의 비호를 받아, 어디까지나
순결한 생각을 잃지 않았다.

_{보살핌}

우리 머리 위에는 총총한 별들이 고분고분한 양떼처럼 고요히
움직이고 있었다. 이따금 이런 생각이 내 머리를 스쳐 지나곤 했
다. 저 숱한 별들 중에 가장 가냘프고 가장 빛나는 별 하나가 그만

길을 잃고 내 어깨에 내려앉아 곤히 잠들어 있는 것이라고.

알퐁스 도데 1840~1897

　　프랑스의 소설가. 프랑스 남부의 님
(Nimes)에서 출생하여, 중학교에서 교
편생활을 하다가 파리에 나와 문학의 길을
걸었다. 14세 때부터 시와 소설을 쓰기 시작한 그는 주로 고향 프
로방스의 모습을 작품 속에 즐겨 그렸다. 그의 작품은 자연주의에
가까우나 밝고 감미로운 시정과 정묘한 풍자로 호평을 받았다. 대
표작으로 단편집 『풍차방앗간 소식』, 『월요 이야기』가 있다.

독후 활동

1 이 소설에서 나와 스테파네트 아가씨를 다시 만나게 해 준 사건은
무엇인가요?

2 이 소설 가운데 여러분이 가장 마음에 드는 글귀는 무엇인가요? 한
번 써 보세요.

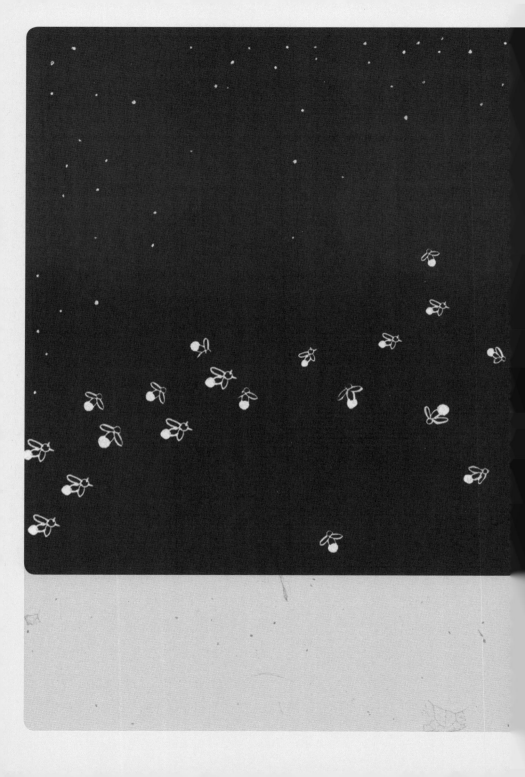

알퐁스 도데

마지막 수업

감상의 길잡이

　이 소설은 1870년에 일어난 *보불전쟁을 역사적 배경으로 하고 있다. 도데는 보불전쟁의 참상과 관련한 이야기를 소설로 써서 1873년 『월요이야기』라는 단편집을 발표했는데, 「마지막 수업」은 이 책에 들어 있는 작품이다.

　프랑스 알자스 지방에 살던 소년 프란츠는 공부보다는 뛰어놀기를 좋아하는 아이이다. 오늘도 여느 때와 다름없이 학교에 갔으나 교실에는 무거운 분위기가 흐른다. 또한 동네의 어른들도 교실에 앉아 있다. 프랑스어 선생님인 아멜 선생님은 장학사가 학교를 방문할 때나 입던 정장을 입고 교단에 서 있다. 아멜 선생님은 "베를린에서 명령이 내려왔습니다. 독일에 귀속된 알자스 – 로트링겐 지방의 모든 학교에서는 프랑스어 수업이 아닌 독일어 수업을 하라고 말입니다."라는 말을 한다. 즉 이 수업이 프랑스 어로 하는 마지막 수업이라는 것이다. 프란츠는 마음 깊이 자신이 프랑스어를 소홀히 배운 것을 반성한다. 그러나 아멜 선생님은 프란츠에게 너는 이미 네 마음속으로 너 자신을 반성하고 있을 것이라고 프란츠를 위로한다. 수업이 끝나는 시간인 12시에 저 건너 교회 탑에서 시간을 알리는 종이 울리고 프로이센(독일) 군의 소리가 들리자 아멜 선생님은 말을 잇지 못한다. 이어서 아멜 선생님은 교실 칠판에 'Viva La France!(프랑스 만세!)'라고 쓰며 이야기는 끝이 난다.

알퐁스 도데의 『월요이야기』에 수록된 글 가운데 가장 많은 사랑을 받은 이 작품은 '프랑스 – 프로이센 전쟁' 이후 빼앗긴 알자스로렌에 남아 있던 프랑스 인들의 서러움을 자극했으며, 프랑스 내에서 애국심이 불타오르게 했다.

● 보불전쟁 1870년 비스마르크가 이끄는 독일과 프랑스 간에 일어난 전쟁. 프랑스가 패함.

그날 아침 나는 학교에 굉장히 늦고 말았다. 아멜 선생님께서 문법에 대해 물어보겠다고 하셨는데, 나는 문법을 잘 몰라 꾸중을 들을까 봐 무척 겁이 났었다. 그래서 아예 학교에 가지 말고 들판이나 이리저리 쏘다닐까 하는 생각도 해 보았다.

날씨는 무척 맑고 따뜻했다. 숲에서는 새들의 울음소리가 들려왔고, *제재소[1] 뒤 목장에서는 *프로이센[2] 병사들이 훈련 받는 소리가 들려 왔다. 이 모든 것들이 학교 가기 싫은 내 마음을 유혹했지만, 그러나 나는 그런 유혹을 뿌리치고 학교를 향해 뛰어갔다.

면사무소 앞을 지날 때 게시판 주변에 사람들이 모여 있는 것이 보였다. 지난 2년 동안 패전이니 *징발령[3]이니 하는 나쁜 소식은 이 게시판을 통해 사람들에게 알려졌다.

'또 무슨 일이 있었나?'

나는 뛰면서 그런 생각을 했다. 광장을 가로질러 가는데 *직공[4]

과 함께 게시판을 들여다보고 있던 대장장이 바슈테르 아저씨가 나를 보고 소리쳤다.

"얘야, 그렇게 서두를 것 없다. 지금 가도 늦지 않아!"

나는 바슈테르 아저씨가 놀리는 줄 알고 숨이 차도록 뛰어 조그마한 학교 마당으로 들어갔다.

보통 때 같으면 수업이 시작될 즈음 책상 서랍을 여닫는 소리, 귀를 막고 큰 소리로 책을 읽는 소리, '좀 조용히 해!'라고 책상을 두드리는 선생님의 막대기 소리가 한데 뒤섞여 *한길5 까지 들려왔을 것이다. 그리고 나는 이런 소란한 틈을 타 슬그머니 내 자리에 들어가 앉았을 것이다.

그런데 그 날은 이상하게 일요일 아침처럼 모든 게 조용했다. 열려 있는 창문 너머로 벌써 자리에 앉아 있는 친구들과, 무서운 막대기를 옆구리에 끼고 책상 사이를 왔다갔다 하시는 아멜 선생님이 보였다. 나는 얼굴이 홍당무처럼 달아올라 문을 열고 조용히 교실에 들어갔다.

그런데 뜻밖에도 아멜 선생님은 나를 보고도 화를 안 내시고 매우 부드러운 소리로 이렇게 말씀하셨다.

"프란츠, 어서 네 자리에 가 앉아라. 하마터면 너를 빼 놓고 수

---

1 목재소. 베어 낸 나무 재목을 만드는 곳.
2 독일 동북부, 발트 해 기슭에 있던 지방.
3 비상사태가 발생하였을 때, 군사 작전에 필요한 군수 물자, 시설 따위를 징발하기 위한 명령.
4 직물을 제조하는 일에 종사하는 사람.
5 사람이나 차가 많이 다니는 넓은 길.

업을 시작할 뻔했구나."

나는 재빨리 내 자리로 가 앉았다. 두근거리는 마음이 가라앉자 나는 비로소 선생님이 장학사가 수업을 둘러보는 날이나 상장을 줄 때만 입는 초록색 코트에 가는 주름이 잡힌 장식을 달고 수놓은 검은 비단 모자를 쓰고 계시다는 걸 깨달았다.

더군다나 교실 분위기가 평소와는 다르게 엄숙한 느낌이 들었다. 게다가 더욱 놀라운 것은 늘 비어 있던 교실 안쪽 의자에 마을 사람들이 조용히 앉아 있는 것이었다. 삼각 모자를 쓴 오제르 할아버지, 전에 면장으로 계셨던 분, 우체부 아저씨 등 많은 사람들이 와 있었다.

마을 사람들은 모두 슬픈 표정을 하고 있었다.

오제르 할아버지는 낡아 빠진 교재를 무릎에 펴 놓고 커다란 안경 너머로 훑어보고 있었다. 내가 이런 모습에 놀라 두리번거리며 살피는 동안 아멜 선생님은 교단 위로 올라갔다. 그러고는 부드럽고도 엄숙한 목소리로 말씀하셨다.

"여러분, 오늘이 여러분과 하는 마지막 수업입니다. °알자스6와 로렌 지방의 학교에서는 독일어로만 가르치라는 지시가 베를린으로부터 내려왔습니다. 내일 새로운 선생님이 오십니다. 오늘로 여러분의 프랑스어 수업은 마지막입니다. 여러분, 열심히 수업을 들어주기 바랍니다."

나는 선생님의 이 말에 뒤통수를 얻어맞은 듯 정신이 없었다. 아, 죽일 놈들! 면사무소 게시판에 붙은 내용이 바로 이거였구나.

마지막 프랑스어 수업! 나는 아직 제대로 쓸 줄도 모르는데, 이

제는 영영 다시 프랑스어를 배울 기회가 없겠구나!'

나는 전에 수업을 빼먹고 새집을 찾아다니거나 자르 강가에서
얼음을 °지치면서⁷ 시간을 헛되이 보낸 것이 몹시 후회스러웠다.
조금 전까지만 해도 진절머리가 나고 골치가 지끈지끈 아프게 하
던 내 책들과 성서가 이제는 헤어지기 싫은 친구처럼 느껴졌다.
아멜 선생님도 마찬가지였다. 선생님과 헤어져야 한다고 생각하
니 벌을 받던 일이나 회초리로 맞은 일들이 모두 잊혀졌다.

'가엾은 선생님!'

선생님은 이 마지막 수업을 위하여 정장으로 옷을 차려입은 것이
었다. 나는 그제야 동네 사람들이 교실 뒤쪽에 앉아 있는 이유
도 비로소 알 것 같았다. 그 사람들은 40년 동안이나 우리를 가르
치는 일에 열심을 다하신 선생님께 감사하고, 사라져가는 조국에
경의를 표하기 위해 오신 것이었다.

이런 생각을 하고 있을 때, 선생님이 갑자기 내 이름을 불렀다.
내가 외울 차례가 되었던 것이다. 그 유명한 문장을 큰 소리로 분
명하게 하나도 틀리지 않고 외울 수 있다면 얼마나 좋았을까. 그
러나 나는 첫마디부터 막혀 버려서 고개를 들지 못한 채 몸만 흔
들며 서 있었다. 그때 아멜 선생님이 천천히 말씀하셨다.

"프란츠, 나는 너를 야단치지 않겠다. 넌 이미 뉘우치고 있을 테
니까. 우리는 누구나 이렇게 생각한단다. '시간은 얼마든지 있어.

---

6 프랑스 북동부 지방으로 독일과 접경 지역.
7 지치다. 얼음 위를 미끄러져 달리다.

까짓 것 내일 배우면 되지 뭐.' 그 결과 이 지경이 된 거란다. 언제나 교육을 내일로 미루어 온 것이 우리 알자스의 큰 불행이었어. 이제 저들은 우리에게 이렇게 말할 것이다. '너희들은 프랑스 사람이라고 하면서 자기네 말을 쓰지도 읽지도 못한다 말이야!' 하고 비웃을 것이다. 그러나 프란츠야. 이건 네 탓만은 아니란다. 우리 모두의 책임이지. 부모님들도 교육에 대한 열의가 부족했던

은어 빙엇과의 민물고기.

거야. 돈 몇 푼을 더 벌기 위해 너희들을 밭이나 공장으로 내보냈으니까. 나 자신도 반성해야 할 것이 있단다. 수업 대신 정원에 물을 주는 일을 시키고, 너희들이 은어* 낚시를 하고 싶다고 하면 수업을 안 했으니까……."

아멜 선생님은 이어 프랑스 어에 대해 말씀하시기 시작했다.

프랑스 어는 세계에서 가장 아름답고 훌륭한 말이며 우리들이 잘 간직하여 잊지 말아야 한다고 했다. 한 민족이 다른 민족의 노예로 전락하더라도 자기 나라 말만 잘 간직하고 있으면 감옥의 열쇠를 쥐고 있는 것과 다름없다고 말씀하셨다.

그러고 나서 선생님은 문법책을 들고 읽기 시작하였다. 나는 내용이 너무도 쉽게 이해가 되어 놀랐다. 선생님의 말씀 하나하나가 무척 쉽게 느껴졌다. 나는 지금까지 수업을 이처럼 열심히 들은 적이 없었다. 또 선생님도 차근차근 알아듣기 쉽게 설명해 주셨다. 그것은 이 가엾은 선생님이 떠나시기 전에, 알고 있는 모든 것을 우리에게 가르쳐 주려는 것 같았다.

문법 시간이 끝나고 이번에는 쓰기 시간이었다. 그날 선생님

한때 프랑스 어 대신 독일어를 사용해야 했던 아픈 역사를 간직하고 있는 프랑스 알
자스 지방.

은 모두에게 나누어 줄 글씨본을 특별하게 준비해 오셨는데, 거기에는 '프랑스 알자스, 프랑스 알자스'라고 쓰여 있었다. 그것들은 우리 책상 위에 매달려 교실 가득 나부끼는 작은 깃발처럼 보였다.

풍뎅이

우리 모두 얼마나 열심이었는지 몰랐다. 종이 위에 펜이 스치는 소리 외에는 아무 소리도 들리지 않았다. 창문으로 풍뎅이 몇 마리가 날아 들어왔는데도 아무도 거들떠보지 않았다.

나는 학교 지붕에서 울고 있는 비둘기 소리를 들으며 이런 생각을 하였다.

'이제 저 비둘기에게도 독일어로 울라고 할지도 몰라!'

가끔 책에서 눈을 떼고 고개를 들면 아멜 선생님은 교단 위에 가만히 서 있었다. 마치 이 학교 전체를 자신의 눈 속에 넣어가기라도 할 것처럼 주위의 물건들을 뚫어져라 바라보고 있었다.

생각해 보면 선생님은 지난 40년 동안 늘 같은 자리에 서 계셨던 것이다. 다만 의자와 책상만이 아이들 엉덩이에 닳고 닳아서 반들반들 빛이 나고, 마당의 호두나무가 크게 자랐을 뿐이다. 이제 내일이면 선생님은 이 모든 것들과 헤어져야 했다.

2층에서 짐을 꾸리고 있는 여동생의 발소리를 듣는 선생님의 마음은 얼마나 괴로울까? 그런데도 선생님은 끝까지 수업을 이끌고 나가셨다.

쓰기 시간이 끝나고 역사 시간이었다. 교실 뒤에는 오제르 할아버지가 안경을 쓰고 두 손으로 책을 든 채 아이들과 함께 한 자한 자 더듬거리며 읽고 있었다. 할아버지는 매우 열심히 집중했고, 목소리는 조금씩 떨리고 있었다.

아! 나는 이 마지막 수업을 결코 잊을 수 없을 것이다.

그때 교회의 큰 시계가 12시를 알렸다. 그와 동시에 훈련에서 돌아오는 프로이센 병사들의 나팔 소리가 창문 밑에서 울려 퍼졌다.

아멜 선생님은 창백해진 얼굴로 교단에서 일어나셨다. 지금까지 선생님이 이렇게 커 보인적은 없었다.

"여러분!"

선생님이 말씀하셨다.

"여러분…… 나는…… 나는…….""

선생님은 목이 메어 말을 잇지 못하셨다. 갑자기 칠판 쪽으로 돌아서더니 온 힘을 다해 커다란 글씨로 이렇게 썼다.

'프랑스 만세!'

그리고 벽에 머리를 기댄 채 한 참 계시다가 우리에게 손짓으로 말했다.

"이것으로 끝입니다……. 모두 집으로 돌아가세요."

알퐁스 도데 1840~1897

프랑스의 소설가. 프랑스 남부의 님 (Nimes)에서 출생하여, 중학교에서 교 편생활을 하다가 파리에 나와 문학의 길을 걸었다. 14세 때부터 시와 소설을 쓰기 시작한 그는 주로 고향 프 로방스의 모습을 작품 속에 즐겨 그렸다. 그의 작품은 자연주의에 가까우나 밝고 감미로운 시정과 정묘한 풍자로 호평을 받았다. 대 표작으로 단편집 『풍차방앗간 소식』, 『월요 이야기』가 있다.

독후 활동

1 이 소설의 줄거리를 요약해 보자.

2 '펜은 칼보다 강하다'는 말이 있다. 이 말의 의미를 이 소설의 내용과
관련시켜 이야기해 보자.

프란츠 카프카

변신

감상의 길잡이

　오늘날 가장 많이 연구되고 인용되는 작가 중 한 사람인 카프카의 중편소설 「변신」은 현대 사회에서의 인간의 *부조리와 소외를 다루고 있다.

　젊은 세일즈맨인 그레고르 잠자는 어느 날 아침 불안한 꿈에서 깨어났을 때 자신이 한 마리 흉칙한 벌레로 변신한 것을 발견한다. 출근 시간이 지나도 기척이 없자 가족들은 문을 두드리고 회사의 지배인은 왜 그레고르가 출근하지 않는지 알아보려고 찾아온다. 불쾌해진 그는 그레고르의 수상쩍은 행동을 회사 문제와 연관시켜 의심하고 해고하겠다고 위협한다. 그레고르는 안으로 잠긴 문을 통해 자신의 처지를 호소하려고 하지만 그의 목소리는 남들이 알아들을 수 없는 것이다.

　얼마 후 힘들여 문을 열고 나간 그레고르의 모습을 본 지배인은 **혼비백산해 도망치고 부모는 충격을 받고 당황해 한다. 아버지는 위협적인 동작으로 벌레를 다시 방으로 들여보내는데, 이때 그레고르는 큰 충격으로 상처를 받고 피를 흘린다. 그레고르는 문틈으로 가족들을 관찰한다. 그의 모습에 질린 누이동생은 공포를 느끼며 그에게 음식을 갖다 주지만, 그는 구미가 당기지 않는다. 2주일 후 어머니가 그의 방을 찾아왔을 때, 그녀는 벌레의 모습을 보고 놀라 실신하고 만다. 한번은 그레고르가 방에서 나가자

아버지는 분노한 나머지 그에게 사과를 던져 상처를 입힌다. 그레고르가 더 이상 부양 능력이 없자 가족들은 스스로 생활 대책을 강구한다. 아버지는 은행에 일자리를 마련하고 방을 하나 비워 하숙인들을 받아들인다.

어느 날 저녁 누이동생이 저녁 식사 후 하숙인들을 위해 바이올린을 연주하고 있을 때 음악에 이끌린 주인공은 거실로 기어나간다. 하숙인들은 벌레의 모습에 깜짝 놀라며 하숙을 해약하겠다고 위협한다. 누이동생은 벌레를 더 이상 오빠로 간주할 수 없다며 벌레를 없앨 모든 방법을 강구해야 한다고 부모를 설득한다. 주인공은 힘없이 자기 방으로 돌아와 죽는다. 하녀가 벌레의 시체를 치우고 한결 가벼워진 가족은 행복한 기분으로 휴일에 소풍을 간다.

이 소설에서 카프카는 그레고르의 내면 의식을 독백의 형식으로 서술한다. 다른 인물의 행동과 상황을 모두 그레고르가 보고 듣는 것만 서술함으로써, 외부 세계의 부조리한 모습이 냉철한 관찰자의 시각에 의해 폭로되는 효과를 가져다준다.

──────────

● 부조리 이치나 도리에 맞지 않음, 무의미하고 불합리한 세계에 처해 있는 인간의 절망적 한계 상황이나 조건.

●● 혼비백산 혼백이 어지러이 흩어진다는 뜻으로, 몹시 놀라 넋을 잃음을 이르는 말.

어느 날 아침, '그레고르 잠자'는 뒤숭숭한 꿈자리에서 깨어나자 자신이 한 마리 흉측한 벌레로 변해 있는 것을 발견했다. 그는 갑옷처럼 딱딱한 등을 대고 벌렁 누워 있었다. 고개를 약간 들어 아래를 보자 볼록하게 부풀어 오른 자신의 배가 보였다. 배 위에는 몇 가닥 주름이 져 있고, 주름 부분은 움푹 패여 있었다. 그 배의 불룩한 부분에는 이불의 끝자락이 가까스로 걸쳐 있었으며, 금방이라도 미끄러져 내릴 것만 같았다. 커다란 몸에 비해 어이없을 만큼 가느다란 수많은 다리가 힘없이 그의 눈앞에서 꿈틀거리고 있었다.

'이게 도대체 어찌 된 일이지?'

하고 그는 생각했다.

진정 꿈은 아니었다. 주위를 둘러보니 조금 작기는 하지만 어쨌든 사람이 사는 평범한 방, 틀림없이 자신의 방이었다. 사방이

낯익고 아늑한 벽으로 둘러져 있었다. 탁자 위에는 따로따로 묶어 놓은 옷감 °견본[1]들이 여기저기 잡다하게 흩어져 있고 ― 그레고르는 °외판원[2]이었다 ― 탁자 위 벽에는 얼마 전 화보에서 오려 내어 예쁜 금박 액자에 넣어서 걸어 놓은 그림도 걸려 있다. 그것은 어떤 부인의 자태를 묘사한 것으로, 그녀는 모피 모자와 모피 목도리를 두르고 커다란 모피 토시 속에 푹 집어넣은 양팔을, 앞으로 내밀고 단정하게 의자에 앉아 있었다.

다음 순간 그레고르는 창밖을 보았다. 창틀의 양철 판을 두드리는 빗방울 소리가 들리는 가운데 음산한 날씨가 그의 기분을 몹시 우울하게 했다.

'잠이나 좀 더 자고 더 이상 이런 허튼 생각은 하지 말아야지.' 하고 그는 생각했다. 그러나 그것은 불가능한 일이었다. 그도 그럴 것이 그레고르는 오른쪽으로 돌아누우려 해도, 그때마다 몸이 흔들려서 결국 위를 향해 똑바로 누운 자세로 되돌아가 버리고 말았다. 그 짓을 백 번도 더 시도해 보았을 것이다. 그는 그러는 동안에도 허우적거리는 다리를 보지 않으려고 눈을 감은 채로 있었다. 그런데 지금까지 느껴 보지 못했던 허리의 통증으로 인해 오른쪽으로 돌아눕는 것을 포기해야만 했다.

'제기랄! 나는 어째서 이렇게 고된 직업을 선택했을까! 날이면 날마다 출장 또 출장이다. 사무실에서의 근무도 여러 가지 힘들

---

1 전체 상품의 품질이나 상태 따위를 알아볼 수 있도록 본보기로 보이는 물건.
2 직접 고객을 찾아 다니면서 물건을 파는 사람.

지만, 출장에 따르는 고충은 훨씬 더한 것이다. 기차 시간에 대한 걱정과 불규칙하고 무성의한 식사, 그리고 끊임없이 계속되는 불필요한 인간관계, 진정으로 나와 가까워지려는 사람은 하나도 없다. 이 얼마나 끔찍한 일인가!'

배 위쪽이 좀 가려웠다. 그는 쉽게 머리를 쳐들 수 있도록 몸을 침대 끝으로 밀어 갔다. 조그마한 하얀 점들이 오글오글 붙어 있는 가려운 자리가 보였다. 그 점들이 무엇인지는 알 수가 없었다. 다리 하나를 뻗쳐서 그 자리를 만져 보려고 했으나, 이내 다리는 움츠러들고 말았다. 다리가 슬쩍 그 곳에 닿자 오싹 소름이 끼쳤다.

그는 다시 몸을 이끌고 원래의 자리로 되돌아갔다.

'사람이 너무 일찍 일어나면 이렇게 멍청해지는 법이야. 사람은 충분한 수면이 꼭 필요한 법이야. 다른 외판원들은 마치 후궁(後宮)의 궁녀들처럼 지내고 있지 않은가. 가령 내가 밖에서 한 가지 일을 끝내고 오전 중에 숙소로 돌아와서 주문 받은 것을 정리하고 작성해 둘 때에서야 비로소 그들은 아침 식사를 시작하지 않던가. 만약 내가 사장 앞에서 그런 짓을 한다면 그는 나를 당장 해고시킬 거야. 그런 생활이 이로운지 어떤지 잘 모르지만 그런 식으로 여유 있게 살고 싶어. 부모님만 아니라면 이렇게 참고만 있지는 않았을 거야. 벌써 사표를 던지고 말았을 걸. 사장 앞으로 걸어가 내가 생각하고 있던 바를 거리낌 없이 털어놓았을 거야. 그러면 틀림없이 그는 놀라서 책상 아래로 굴러 떨어지겠지. 그러나 전혀 희망이 없는 것은 아니야. 부모님이 진 빚만 청산할 수 있을 만큼 돈을 모은다면 — 아마도 오륙년은 걸리겠지만 — 그렇게만 된다면 꼭 그만두고 말 테다. 그것이 내 일생일대의 전환기가 되겠지. 아차, 그것은 그렇다 치고 지금 당장 일어나야 돼. 기차가 5시에 출발하니까.'

그는 책장 위에서 재깍거리는 자명종 시계를 바라보았다.

'하느님 맙소사!'

시계는 6시 반이었다. 조용히 계속 움직이는 시곗바늘은 이미 30분을 지나 45분에 육박하고 있었다. 종이 울리지 않았단 말인가. 침대에서 보아도 정각 4시에 울리도록 맞추어져 있다. 틀림없이 울리긴 울렸을 것이다. 그렇다면 그렇게 요란하게 울려 대는 종소리에도 깨지 않고 편안히 잠을 잘 수 있었단 말인가? 그러나 실은 밤새도록 편안하게 자지도 못했다. 그렇기 때문에 종이 울린 후에 더욱 정신없이 곯아떨어졌는지도 모른다.

'그나저나 이제 어떻게 한다? 다음 기차는 7시에 있으니, 그것을 타려면 미친 듯이 서둘러야만 할 텐데.'

그는 아직 견본을 꾸려 놓지도 못한 데다 기분도 결코 개운하거나 유쾌하지 않았다.

'만약 그 기차를 탄다 해도 결코 사장의 *불벼락[3]을 피할 수는 없을 거야. 왜냐하면 5시 기차로 내가 오기만을 기다리던 *급사[4] 녀석이 내가 제시간에 도착하지 못한 사실을 이미 보고했을 테

---

3 호된 꾸중이나 책망을 비유적으로 이르는 말.
4 회사에서 잔심부름을 시키기 위하여 부리는 사람.

니까. 그 녀석은 °아첨꾼⁵으로 줏대도 없고 분별력도 없는 사장의 앞잡이니까. 그렇다면 몸이 아프다고 말하면 어떨까? 그러나 그것은 더없이 괴로운 일이야. 더욱이 수상쩍게 생각할 게 틀림없어. 나는 지난 5년 동안 외판원 생활을 하면서 단 한 번도 아팠던 적이 없으니까. 아마 아프다고 말하면 사장은 당장 주치의를 데리고 올 것이다. 게으른 자식으로 인해 부모님까지 욕먹을 지도 모른다. 그 의사에게 일단 진찰을 받게 되면 아무리 발뺌을 해도 통할 리가 없을 것이다. 사실 그 의사가 본다면 건강하면서도 단지 일하기 싫어 꾀부리는 사람으로만 보일 것이다. 그러나 사실 지금 나의 경우 주치의가 나쁘다고 말할 수 있을까.'

지금까지 그레고르는 좀 피곤하긴 했으나 잠을 푹 자고 나면 머리가 상쾌하고 식욕도 강하게 느껴 온 터였다. 그러나 오늘은 그만 잠자리에서 일어나야 되겠다고 채 결심도 하기 전에 자명종 시계가 6시 45분을 쳤고, 조심스럽게 문을 두드리는 소리가 들렸다.

"그레고르야, 6시 45분이다. 일하러 안 나가니?"

어머니의 부르는 소리가 들렸다. 아, 저 부드러운 목소리! 그러나 그것에 대답하는 자신의 목소리를 듣고 그레고르는 깜짝 놀랐다. 물론 틀림없는 자기 목소리였지만, 어쩐지 밑에서부터 울려 나오는 듯한 찍찍거리는 괴로운 신음 소리가 섞여 나오는 것이었다. 처음에 튀어나온 말소리는 명확했지만 그 다음 말소리는 찍찍거리는 소리에 말끝이 흐려져 자칫 상대방이 이쪽 말을 제대로 알아들었는지조차 의심스러울 지경이었다. 그레고르는 상세하

게 모든 것을 설명하려고 했다. 그러나,

"네! 네! 어머니 곧 일어납니다."

라고 대답할 수밖에 없었다. 문 바깥에 있는 사람은 문이 나무 판자로 되어 있어 그레고르의 목소리가 변했다는 것을 아마 몰랐을 것이다. 어머니는 그의 대답에 안심하고 다리를 끌며 가 버렸다. 그러나 이 간단한 대화로 다른 가족들은 그레고르가 아직 출근하지 않았다는 것을 알고 말았다.

아니나 다를까 아버지가 다른 쪽 문을 주먹으로 가볍게 두드렸다.

"그레고르, 그레고르! 도대체 너 왜 그러냐?"

하고 아버지는 소리를 질렀다. 잠시 후 한층 낮은 목소리로,

"얘야, 그레고르야!"

하고 재촉을 했다. 그 맞은편 문 밖에서는 누이동생이 작은 목소리로 걱정스럽게 애원하고 있었다.

"오빠, 몸이 어디 불편하세요? 무슨 일이 있나요?"

가족들의 말에

"이제 준비 다 되었어요."

그레고르는 한 마디 한 마디 말과 말 사이에 간격을 두어 조심스럽게 발음했다. 그는 목소리가 변질되어 울리는 것을 감추려고 애썼다. 아버지는 아침 식사를 하려고 되돌아갔으나, 누이동생은 아직 문 밖에서

5 아첨을 잘하는 사람을 낮잡아 이르는 말.

"오빠, 제발 문 좀 열어요. 부탁이에요."

하고 애원했다. 그러나 그레고르는 문을 열 수가 없었다. 오히려 출장 중에 얻은 습관대로 밤이면 모든 문의 빗장을 잠궈 버리는 자신의 조심성에 감사할 정도였다. 그는 다른 사람에게 방해받지 않고 조용히 일어나 옷부터 입고, 무엇보다도 아침을 먹은 후, 비로소 그 다음 일을 생각하고 싶었다. 침대 속에서 아무리 고민을 한다 해도 별다른 결론을 얻지 못한다는 것을 그 자신이 더 잘 알고 있었다. 가만 생각해 보니 불편한 잠자리에서 몇 번인가 가벼운 통증 때문에 일어나 보면 — 아마 그것이 잠을 험하게 잤기 때문인지도 모르지만 — 고통이 전혀 없었던 것처럼 멀쩡했던 적이 이전에도 자주 있었다. 그러므로 그레고르는 오늘의 여러 가지 일들도 점차 어떻게든 풀릴 것으로 생각하고 있었다.

그는 목소리가 변한 것도 감기 때문에, 즉 자주 출장을 다녀야 하는 외판원의 고질적인 *직업병6 때문이라고 생각했다.

이불을 걷어치우는 일은 매우 간단하였다. 그저 숨을 약간 들이마셔 배에 힘을 주기만 하면 이불은 자연히 밑으로 미끄러져 내렸다.

그런데 몸을 일으키려면 팔과 손의 도움을 받아야 했으나, 그럴 수 없었다. 오히려 다리는 쭉 뻗어 있어서 아무 도움도 받지 못하는 형편이었다. 그리고 그나마 다리를 사용해서 목적했던 일을 끝마치면, 그 동안 다른 다리들이 마치 해방이라도 맞은 것처럼 요란스럽게 꿈틀대는 것이었다.

'침대에서 더 이상 꾸물거리면 안 되는데.'

하고 그는 중얼거렸다.

우선 그는 하반신부터 침대 밖으로 끄집어내려고 했다. 그러나 아직 자신의 눈으로 보지도 못했으며, 또 어떻게 생겼는지 상상조차 할 수 없는 그 하반신을 움직이기란 매우 어려운 일이었다. 그 일은 많은 시간이 걸렸고 또 힘이 들었다. 그래서 약간 화가 난 그는 있는 힘을 다해 정신없이 하체를 마구 앞으로 밀고 갔다. 그런데 방향을 잘못 잡아 침대 기둥에 다리를 심하게 부딪쳤다. 화 끈거리는 통증을 느끼고서야 비로소 자신의 몸에서 가장 감각이 예민한 부분이 하체라는 것을 알게 되었다.

그래서 이번에는 상체를 먼저 침대 밖으로 끄집어내려고 조심조심 머리를 침대 가장자리로 돌렸다. 그 일은 별로 힘들지 않게 할 수 있었다. 몸통은 그 폭이나 무게가 볼품없이 컸지만, 그래도 머리가 돌아가는 방향으로 같이 움직여 주었다. 그러나 머리가 막상 침대 밖으로 나가려니까 불안했다. 이런 식으로 침대 밖으로 나가다가는 결국엔 그대로 침대 밑으로 떨어질 것이고, 그렇게 되면 기적이라도 일어나지 않는 한 머리 부분이 무사할 수는 없을 것이다. 어떤 일이 있어도 정신을 똑바로 차리는 것이 무엇보다 중요한 것이라고 그는 생각했다. 그래서 차라리 이대로 침대에 있는 편이 낫겠다고 생각했다.

그는 한숨을 몰아쉬면서 여러 모로 애쓴 끝에 본래의 모습으로 다시 누울 수가 있었다. 그는 허우적대는 자신의 가냘픈 다리를

---

6 한 가지 직업에 오래 종사함으로써 그 직업의 특수한 조건에 의하여 생기는 병.

보며, 이 혼란 속에서 휴식과 질서를 찾을 방법은 없다는 것을 깨달았다.

'더 이상 침대에 누워 있을 수도 없고, 아무튼 어떤 희생을 치르더라도 일어나 침대 밖으로 나가는 일이 현명할 거야.'

그는 중얼거렸다. 동시에 그는 *자포자기[7]하는 것보다는 심사숙고하는 쪽이 훨씬 낫다는 생각도 해 보았다. 그러면서 그는 순
깊이 잘 생각함.
간순간 날카로운 시선을 창 쪽으로 집중시켰다. 그러나 유감스럽게도 좁은 골목을 뒤덮고 있는 아침 안개 때문에 밖을 바라보아도 자신감이나 상쾌함 같은 것은 느낄 수가 없었다.

자명종 시계가 7시를 치는 소리가 듣자 그는 중얼거렸다.

"벌써 7시인데 아직 저렇게 안개가 짙다니, 참!"

그리고 그는 이 완전한 정적에 혹시라도 평소 자신의 상태로 되돌아가지나 않을까 하는 기대를 하며 잠시 동안 숨을 내쉬며 조용히 누워 있었다. 그러다 그는 또다시 중얼거렸다.

카펫 양털 따위의 털을 표면에 보풀이 일
게 짠 두꺼운 모직물.

"7시 15분까지는 무슨 일이 있어도 침대에서 일어나야만 한다. 그 때쯤이면 아마 더 이상 누워 있을 수 없다. 머리는 안전할 수 있을 것이다. 등도 딱딱하니까 카펫 위에 떨어져도 별일은 없을 것이다. 무엇보다 걱정이 되는 것은 떨어질 때 나는 쾅하는 소리이다. 그 소리는 식구들을 크게 놀라게 하고, 그들에게 무슨 일이 일어났나 하는 불안감을 안겨 줄 것이다. 그러나 할 수 없는 노릇이다."

그레고르가 이미 절반쯤 몸을 침대에서 일으켰을 때 ― 이 새

로운 동작은 힘든 일이라기보다는 차라리 장난 같아서 몸을 좌우로 조금씩 흔들면 그만이었기 때문에 — 누군가가 조금만 도와주면 일은 매우 쉽게 끝날 수 있을 것 같은 예감이 들었다. 힘센 사람이 두 명만 와 준다면 — 부친과 하녀가 생각났다 — 충분할 것이다. 그들이 둥글게 솟아오른 나의 등 밑에다 팔을 집어넣고 침대에서 몸을 굽혀 방바닥에 내려놓으면 될 것이다. 그리고 내가 방바닥에서 몸을 뒤집을 때까지 조금만 기다려 주면 된다. 그렇게만 되면 이 조그만 다리들도 제구실을 할 것이다.

'문이 모두 잠겨 있지만 않다면 도움을 청할 수도 있을 텐데.'

그는 이런 곤경 속에서도 생각이 여기에 미치자 웃음을 참을 수가 없었다. 그는 벌써 몸을 너무 세게 흔들어 균형을 잃고 침대에서 굴러 떨어지기 직전 상태까지 와 있었다. 우물쭈물하고 있을 수 없었다. 마침내 최후의 결단을 내리지 않으면 안 된다. 앞으로 5분만 지나면 7시 15분이다. 그때 현관문에서 벨이 울렸다.

'회사에서 누가 왔구나.'

하는 생각에 그는 온몸이 뻣뻣해지는 것 같았다. 그런 가운데에도 그의 다리들은 더욱 분주하게 꿈틀거렸다. 그 순간 온 집안이 매우 조용했다.

"아무도 문을 열어 주지 않는구나."

하고 중얼거리면서, 그레고르는 그 어떤 부질없는 희망에 매

---

7 절망에 빠져 자신을 스스로 포기하고 돌아보지 아니함.

달려 보았다. 그러나 잠시 후 언제나처럼 하녀가 침착한 걸음걸이로 나가서 문을 열어 주었다. 그레고르는 방문객의 인사말만 듣고도 누구인지 알 수 있었다. 그는 바로 지배인이었다. 도대체 왜 자기는 왜 잠깐 게으름을 피웠다고 해서 금방 지배인이 달려오는 그런 회사에 근무해야 할까? 도대체가 너나 할 것 없이 고용인들은 모두 인정머리 없는 건달들이란 말인가? 그 많은 사원 중에 충실하고 유순한 사람은 한 명도 없단 말인가? 겨우 아침 한두 시간 회사에 늦는 것을 가지고 이렇게 바보처럼 괴로워하거나, 더욱이 그 괴로움으로 인해 침대에서 일어나지 못하는 인간도 있기 마련이건만 형편을 알아보기 위한 것이라면 급사를 보내는 정도로도 충분하지 않을까 — 물론 그 '형편을 알아본다'는 일이 필요할 때의 말이지만 — 그런데 꼭 지배인이 직접 와야 한단 말인가?

그레고르는 침대에서 힘껏 몸을 굴려 아래로 뛰어내렸다. 그것은 확고한 결단에서가 아니라, 이런 저런 생각에 너무 흥분했기 때문이었다.

쿵하는 큰 소리가 났다. 그러나 그다지 요란한 것은 아니었다. 바닥에 카펫이 깔려 있었으므로 사람들이 놀랄 만큼 큰 소리는 나지 않았다. 생각했던 것보다는 등 껍질도 탄력이 있었다. 다만 고개를 조심스럽게 쳐들지 않았기 때문에 머리를 바닥에 약간 부딪쳤다. 그는 화가 치밀어 아픈 머리를 카펫에다 비비 댔다.

"방 안에서 무엇인가 방금 떨어진 모양이군요."

왼쪽에 있는 옆방에서 지배인 목소리가 들려 왔다. 그레고르는 오늘 자신에게 일어난 일과 똑같은 일이 언젠가는 지배인에게도 일어날 수 있을 것이라고 생각해 보았다. 그런 일이 생기지 않는다고는 아무도 보장할 수 없다. 그러나 그레고르의 그런 의문에 답이라도 하는 듯, 옆방에서 지배인이 에나멜 구두*를 신고 거닐면서 삐걱거리는 구두 소리를 냈다. 그 때 오른쪽 방에서 그레고르에게 지배인이 온 것을 알리는 누이동생의 목소리가 들려 왔다.

에나멜 구두 겉면에 에나멜을 발라 광택을 내는 동시에 내수성을 크게 한 구두.

"오빠, 지배인님이 오셨어요."

"알고 있어."

그레고르는 중얼거렸다. 그 중얼거림은 누이동생이 알아들을 수 없을 정도로 작았으나, 그렇다고 목소리를 높일 수도 없었다.

이번에는 왼쪽 방에서 아버지의 목소리가 들렸다.

"그레고르야, 지배인께서 네가 왜 아침 기차로 출발하지 않았느냐고 묻고 계신다. 어떻게 대답을 해 드려야 좋을지 모르겠구나. 하여튼 너와 직접 말씀을 나누고 싶다고 하신다. 그러니 문을 열어라. 뭐, 다소 방안이 어수선해도 이해하실 것이다."

"여보게, 잠자 군."

하고 지배인이 다정한 목소리로 끼어들었다.

"그 애는 몸이 아파요."

이번에는 어머니가 지배인에게 말씀하셨다.

"몸이 편치 않을 거예요. 지배인님, 믿어 주세요. 그렇지 않다면 그 애가 기차를 놓치거나 할 리가 없습니다. 그 애는 그저 일 밖에는 아무것도 몰라요. 때로는 기분 전환을 위해 밤에 외출이라도 하라고 이쪽에서 먼저 잔소리를 해야 할 정도이니까요. 오늘까지 벌써 일주일 동안이나 시내에 와 있으면서도 매일 저녁 집에만 틀어박혀 있었어요. 차를 마시는 동안에도 테이블 앞에 앉아서 조용히 신문을 읽거나 기차 시간표를 점검하곤 했지요. 그 애에게 취미라면 오로지 톱으로 무엇인가 만드는 일 뿐이에요. 저번에는 이삼 일 저녁 계속해서 조그마한 액자를 하나 만들었답니다. 그것은 매우 훌륭한 액자로 그 애 방에 걸려 있어요. 저 애가 방문을 열면 보실 수 있을 거예요. 하여튼 이렇게 직접 찾아 주셔서 참으로 고맙습니다. 우리 식구끼리만 있었더라면 문을 열라고 할 수 없었을 거예요. 대단한 고집쟁이거든요. 아침에 물어 보았더니 아무렇지 않다고 말하기는 했지만, 분명히 아픈 모양이에요."

"곧 열겠어요."

이렇게 그레고르는 말했으나, 밖의 대화를 한 마디도 놓치지 않으려고 꼼짝하지 않고 조심스럽게 있었다.

"그렇겠죠, 부인 아무래도 달리 생각할 수가 없겠군요."

이번에는 지배인이 말했다.

"대단한 병이 아니길 바랍니다만 한 가지 말씀드리지 않을 수 없는 것은, 우리 장사하는 사람들은 ─ 행인지 불행인지 간에 ─ 사소한 병쯤은 대개 장사에 대한 열정으로 극복해야만 한다는 것입니다."

"이제 지배인께서 들어가셔도 되겠느냐?"

아버지가 더 이상은 참지 못하겠다는 *투[8]로 말씀하시며 다시 문을 두드렸다.

"안 돼요!"

그레고르의 대답에 왼쪽 방에서는 숨 막힐 듯한 침묵이 흘렀다. 오른쪽 방에서 누이동생이 흐느껴 울기 시작했다. 도대체 누이동생은 왜 다른 사람들과 함께 있지 않는 것일까? 틀림없이 방금 일어나서 아직 옷도 제대로 갈아입지 않은 모양이었다.

그런데 울기는 왜 울까? 내가 일어나지도 않은데다 지배인을 방에 들여놓지 않았기 때문일까? 내가 실직당할 것 같아서? 만일 그렇게 되면 사장이 다시 옛날의 빚을 가지고 부모님을 괴롭힐까 봐 두려워서 우는 것일까? 그러나 그것은 지금으로서는 쓸데없는 걱정인 것이다.

그는 가족들을 *저버릴[9] 생각은 추호도 없다. 잠시 동안 그는 카펫 위에 편안하게 누워 있었다. 현재 그의 상태를 아는 사람이라면 아무도 그를 향해서 지배인을 이 방으로 들여보내려고 강요하지 못할 것이다. 물론 이것은 *무례[10]한 일임에 틀림없다. 그러나 그것은 나중에 적당히 변명할 수 있는 사소한 것이며, 그것이 당장 그를 해고시킬 만한 일이라고는 생각할 수 없다.

사정사정하며 지배인에게 애원하는 것보다는 차라리 지배인

---

8 말이나 글, 행동 따위에서 버릇처럼 일정하게 굳어진 본새나 방식.

9 저버리다. 등지거나 배반하다.

10 태도나 말에 예의가 없음.

을 그대로 가만히 내버려 두는 것이 더 현명한 처사라고 그레고르는 생각했다. 그러나 부모들은 불안한 나머지 다른 사람들을 당황하게 만들고 변명하기에 여념이 없었다.

"잠자 군 도대체 어떻게 된 일인가? 자네는 자기 방에 틀어박혀서 단지 네, 아니오라는 대답뿐이군. 부모님에게는 쓸데없는 걱정만 끼쳐 드리고, 게다가 ― 이것은 이야기가 나왔으니 말이지만 ― 자네는 실로 얼토당토 않는 방법으로 ˌ직무11를 태만히 하고 있어요. 나는 지금 이 자리에서 진지하게 자네 부모님과 사장님을 대신해서 말하겠는데, 즉각 자네의 이러한 태도에 대해 명백한 설명을 요구하네. 정말 이럴 수가 있나? 나는 그래도 자네를 침착하고 분별력 있는 사람이라고 생각했는데, 오늘 갑자기 자네는 이상야릇한 변덕을 부리려고 작정한 사람 같네. 사실은 오늘 아침 일찍 사장님께서 내게 자네의 결근 이유를 추측해서 이야기해 주셨는데 최근 자네에게 맡겨 놓았던 회수금에 관한 문제였네. 그러나 나는 그것은 사장님의 ˌ지레짐작12에 불과하다고 분명하고 단호하게 이의를 제기했네. 그러나 이와 같은 자네의 이해할 수 없는 면을 본 이상 나 역시 자네를 두둔하려던 마음마저 송두리째 사라져 버렸다네. 게다가 말해 둘 것은 자네의 지위가 그다지 안전한 것이 아니라는 것일세. 물론 난 자네와 단둘이서 이런 말을 하려고 생각했네. 그런데 자네가 이처럼 쓸데없이 시간만 낭비하게 했기 때문에, 자연히 자네 부모님 앞에서 말씀드리게 된 것일세. 또한 자네의 최근 판매 실적은 별로 신통치가 못했네. 물론 계절적으로 판매 실적이 좋을 때가 아니라는 것은 우리도 알고 있네. 그렇지만 전혀 실적을 올리지 못하는 철이란 있을 수가 없는 법이네, 있어서도 안 되고. 잠자 군, 알아듣겠나?"

"그러나 지배인님!"

하고 그레고르는 흥분한 나머지 정신없이 소리쳤다.

"곧 문을 열겠습니다. 정말 곧 열겠어요. 기분도 좋지 않은데다 현기증이 나서 일어날 수가 없었습니다. 지금도 아직 잠자리에 들어 있습니다. 하지만 이제 매우 좋아졌어요. 지금 침대서 일어나는 중입니다. 제발 잠깐만 기다려주세요. 아직도 상태가 완전하게 좋지는 못합니다만, 그래도 괜찮습니다. 이렇게 갑자기 병이 날 줄이야! 사실 어제 저녁에만 해도 아무렇지 않았습니다. 부모님들도 잘 알고 계십니다. 아니, 그렇게 말하고 보니 어제 저녁 아무래도 좀 이상한 감이 들긴 했습니다. 나를 주의해서 보셨더라면 역시 좀 상태가 안 좋았다는 것을 아셨을 겁니다. 회사에 미리 알렸어야 했는데! 하지만 이런 병쯤은 집에 가지 않고도 이겨낼 수 있다고 생각했습니다. 제발 부모님께만은 싫은 소리를 하지 말아 주십시오. 지금 이것저것 저를 *책망[13]하셨는데 모두 당치도 않은 말씀이십니다. 지금까지 한 번도 그런 비난은 들어 보지 못했습니다. 최근에 제가 발송한 주문서를 미처 보지 못 하신 것이 아닌가요? 하여튼 8시 기차로 가겠습니다. 두어 시간 쉬었

---

11 직책이나 직업상에서 책임을 지고 담당하여 맡은 사무.
12 어떤 일이 일어나기 전에 확실하지 않은 것을 성급하게 미리하는 짐작.
13 잘못을 꾸짖거나 나무라며 못마땅하게 여김.

한 마리 흉측한 벌레로 변했음에도 그레고르는 아침에 기차 시간을 놓쳐 일에 지장
을 줄까 걱정한다.

더니 기운이 납니다. 제발 지배인님, 먼저 돌아가 주십시오. 저도 곧 일을 하러 회사로 가겠습니다. 그리고 너그러우신 마음으로 사장님께 잘 말씀해 주십시오. 부탁드립니다."

이렇게 많은 말들을 단숨에 지껄이면서도 그레고르는 자기 자신이 무슨 말을 했는지조차 알 수 없었다. 그레고르는 침대 위에서 익힌 경험을 살려 옷장 쪽으로 다가갔다. 그리고는 옷장에 매달려 일어서려고 애를 썼다. 그는 정말로 문을 열고 지배인에게 자신의 모습을 보여 주면서 그와 이야기하리라 마음먹었다. 지금 저토록 자신을 보고 싶어 하는 사람들이 막상 자신의 변해 버린 모습을 본다면 그들은 무슨 말을 할 것인가 궁금하기도 했다. 만일 그들이 깜짝 놀라더라도 내게는 하등의 책임이 없으니까 그저 조용히 있으면 된다. 그들이 태연하게 받아들이면 나 역시 흥분할 이유가 없으므로 8시 기차를 탈 수 있도록 서둘러 역으로가면 된다.

그레고르는 한번 미끄러졌으나 간신히 몸을 흔들어 일으켜 옷장 문을 잡고 똑바로 서게 되었다. 하반신이 몹시 쑤시고 불에 덴 듯이 아팠지만 조금도 개의치 않았다. 그는 가까이에 있던 의자 등받이에 몸을 던져, 조그마한 다리들을 이용해 등받이 끝에 매달렸다. 그때 밖에서 지배인의 목소리가 들렸다.

"당신들 설마 우리를 놀리려고 하는 것은 아니겠죠?"

"천만에요."

지배인의 말에 어머니가 울먹이며 외쳤다.

"틀림없이 *중병¹⁴에 걸린 거예요. 가엾게도 우리는 그 애를 괴롭히고 있는 거예요. 그레테야, 그레테!"

하고 어머니가 누이동생을 불렀다.

"네, 어머니?"

누이동생이 맞은편에서 대답했다. 그들은 그레고르 방을 가운데에 두고 서로 이야기를 주고받았다.

"당장 의사한테 갔다 오너라. 네 오빠가 아프단다. 빨리 의사를 불러 오너라. 너도 방금 그레고르가 말하는 소리가 들었지?"

어머니 말에

"그것은 무슨 짐승의 목소리였어."

지배인이 작은 소리로 말했다. 어머니의 큰 목소리에 비해 매우 낮은 목소리였다.

"안나, 안나! 얼른 열쇠 장수를 불러 와."

이번에는 아버지가 손뼉을 치며 주방에 대고 소리를 치셨다. 그러자 벌써 두 소녀는 옷자락 펄럭이는 소리를 내며 문간방을 빠져나갔다 — 도대체 누이동생은 어쩌면 그렇게 빨리 옷을 갈아 입을 수 있었을까? — 그리고 현관문이 열렸다. 그러나 문이 닫히는 소리가 들리지 않는 것으로 보아 열어 둔 채로 나가 버린 모양이었다. 무슨 큰일이라도 일어난 집 같았다.

문간 옆에 있는 방

그러나 그레고르의 마음은 점점 더 침착해졌다. 다른 사람들은 그가 한 말을 알아듣지 못했다. 그 자신에게는 아주 분명하게, 조금 전보다도 훨씬 명료하게 들렸는데도, 이미 자신의 귀에 익숙해졌기 때문일 것이다. 하여튼 다른 사람들은 그의 상태가 정상

이 아님을 확신하고 그를 도와주려 하고 있었다. 그런 최초의 조치가 취해진 데 대한 기대와 신뢰감으로 그는 기분이 좋아졌다. 그는 또 다른 사람이 사는 세계와 자신이 연결되어 있다는 기분이 들었다. 그리고 의사와 열쇠 장수를 제대로 구별하지도 못하면서, 이 두 사람에게 그는 큰성과를 기대했다. 시시각각으로 다가오고 있는 운명을 결정지어 줄 °담판[15]이 시작될 때에 대비해서 정확한 목소리로 말하기 위해 그는 몇 번 헛기침을 해 보았다. 애써 점잖게 기침 소리를 내었다. 그것은 자신의 헛기침 소리가 인간의 소리와는 다르게 들릴 염려가 있어서였다.

그러는 동안 옆방은 매우 조용해졌다. 아마도 부모님이 지배인과 거실 테이블에 이마를 맞대고 앉아 조용히 이야기를 나누고 있거나, 그렇지 않으면 모두들 문에 기대어 이쪽 방을 엿듣고 있는지도 몰랐다.

그레고르는 의자를 천천히 문 쪽으로 밀고 갔다. 거기에다 의자를 놓고 문에 몸을 기대고는 꼿꼿이 섰다. 그의 다리 끝에서는 끈적거리는 액체가 조금씩 분비되고 있었다. 그는 그렇게 잠시 동안 지친 몸을 쉬었다. 그런 다음 입으로 열쇠 구멍에 꽂힌 열쇠를 돌리기 시작했다. 치아가 없다는 것이 매우 유감스러웠다. 그렇다면 도대체 무엇으로 열쇠를 돌린담! 그러나 이가 없는 대신 힘센 턱이 있었다. 그는 턱의 힘으로 열쇠를 돌렸다. 그 때 분명히

---

14 목숨이 위태로울 정도로 몹시 앓는 병.
15 서로 맞선 관계에 있는 쌍방이 의논하여 옳고 그름을 판단함.

어딘가 상처를 입었지만 그는 그것을 알지 못했다. 누르스름한 액체가 입에서 나와 방바닥에 뚝뚝 떨어졌다.

"저 소리 좀 들어 봐요. 그가 열쇠를 돌리고 있어요."

옆방에 있는 지배인이 말했다. 이 말은 그레고르에게 큰 힘이 되었다. 그러나 아버지와 어머니도 함께 힘을 내라고 소리쳐 주었으면 싶었다.

'그레고르, 힘을 내라. 힘을 내라. 자물쇠를 꼭 잡아라.'

이 정도의 말은 해 줄 법도 한데 말이다. 하지만 모두가 그렇게 응원하면서 그의 노력을 지켜보고 있다는 상상을 하는 순간, 그는 혼신의 힘을 다해 열쇠를 물고 매달렸다. 그리고 열쇠가 돌아감에 따라 그는 자물쇠의 주의를 빙글빙글 돌았다. 지금 그의 몸은 입의 힘 하나로 버티고 있었다. 필요에 따라 열쇠에 매달리기도 하고, 전신의 무게를 실어 열쇠를 내리누르기도 했다. 마침내 자물쇠 열리는 소리가 들리자 그는 제정신으로 돌아왔다. 그는 안도의 숨을 내쉬면서 중얼거렸다.

"이젠 열쇠 장수가 필요 없게 되었어."

그리고 그는 문을 열기 위해 고개를 손잡이 위에 올려놓았다. 이렇게 겨우 문은 열렸지만, 문이 안쪽으로 열렸기 때문에 그의 모습은 문 뒤에 가려져보이지 않았다. 그는 열린 문을 따라 천천히 밖으로 돌아 나와야만 했다. 더욱이 문 앞에서 보기 흉하게 벌렁 자빠질 우려가 있기 때문에 극히 신중하게 움직여야 했다. 이렇게 더욱 힘이 드는 작업에 몰두하느라 그는 다른 사람들에게 주의를 기울이지 못한 나머지, 지배인이 큰 소리로

"앗!"

하고 신음 소리를 냈을 때에야 비로소 지배인의 모습을 발견할 수 있었다. 지배인은 문에 바짝 붙어 서 있다가 그를 보자 벌린 입을 다물지 못한 채 서서히 뒷걸음질 쳤다. 눈에 보이지 않는 어떤 힘의 작용에 의해 떠밀려 가는 듯한 모습이었다.

지배인이 와 있는데도 풀어헤친 머리를 손질조차 하지 않은 어머니는 양손을 합장하고 아버지를 보는가 싶더니 이내 그레고르 쪽으로 두어 걸음 다가서다가 맥없이 쓰러지고 말았다. 그 순간 치마 주름이 활짝 펼쳐졌고 얼굴은 가슴속에 파묻혀 전혀 보이지 않았다. 아버지는 증오심에 불타는 표정으로 주먹을 불끈 쥐며 그레고르를 다시 방안으로 밀어 넣으려다가, 다음 순간 불안한 시선으로 거실 안을 두리번거리다 이윽고 양쪽 눈을 가리고 뚱뚱한 가슴을 들썩거리며 울기 시작했다.

그레고르는 방안으로 들어설 생각은 않고 닫혀져 있는 문의 안쪽에 기대어 있었기 때문에 문 밖에서는 그의 몸체의 절반만이 보일 뿐이었다. 그는 비스듬히 기울인 고개로 다른 사람들 쪽을 살펴보고 있었다. 그러는 동안 날이 훤하게 밝았다. 도로를 사이에 두고 마주 보이는 길고 짙은 회색 건물의 일부가 뚜렷하게 보였다. 그것은 병원이었다. 그 건물 벽에는 규칙적으로 창문이 뚫려 있었다. 그 때까지도 비가 내리고 있었다. 눈에 보일만큼 굵직굵직한 빗방울이 땅 위에 떨어지고 있었다. 식탁 위에는 아침상에 올랐던 식기들이 너저분하게 쌓여 있었다. 아버지에게는 아침 식사가 하루 중에서 가장 중요한 식사였다. 그는 여러 신문을 읽으면서 두세 시간씩이나 식탁에 머물러 있었다. 마침 맞은편 벽에는 그레고르가 군대 시절에 찍은 사진이 걸려 있었다. 그것은 육군 소위 시절의 사진으로 한 손은 군도에 얹어 놓고 자연스러운 미소를 띠고 있었으나, 그것을 바라보는 사람들로 하여금 자신의 모습과 군복에 •경외감16을 표하라는 듯한 모습이었다. 현관 쪽의 문간방으로 통하는 문은 활짝 열린 채로 있었고, 거실의 문도 열려 있었으므로 건너편 현관과 2층으로 통하는 계단도 보였다.

이 상황에서도 냉정을 유지하고 있는 것은 자기 혼자뿐이라는 것을 확신하며 그레고르는 입을 열었다.

"자, 그럼 곧 옷을 입고 견본을 챙겨 가지고 출발하겠습니다. 출발해도 되겠지요? 지배인님, 보시다시피 저는 고집쟁이가 아니며 일을 무척 좋아한답니다. 물론 출장 판매는 무척 고된 일이지만, 그렇다고 출장 없이 어떻게 살아갈 수가 있겠습니까? 지배인님, 지금부터 어디로 가시겠습니까? 회사로 나가십니까? 그렇죠? 그리고 모든 일을 사실대로 보고하시겠지요? 누구나 잠깐씩은 일을 하지 못하게 되는 불가피한 경우가 있지 않습니까? 그런 경우에는 평소의 실적을 참작하셔서, 건강만 좋아지면 물론 몇 배의 노력과 주의를 기울여 한층 더 열심히 일한다는 사실을 믿어 주십시오. 지배인님도 잘 아시다시피 저는 사실 사장님의 신세를 많이 진 사람입니다. 게다가 제게는 부모님과 누이동생에 대한 일도 걱정이 됩니다. 지금은 곤란한 처지에 놓여 있습니다만 어떻게 해서든지 이 곤경을 헤쳐 나갈 것입니다. 그러니 제발 저를 더 이상 이전보다 더한 곤경 속으로 몰아넣지만 말아 주십시오. 다른 사람들이 외판원을 좋아하지 않는다는 것쯤은 저도 잘 알고 있습니다. 그들은 외판원이 큰돈을 벌어서 호사스러운 생활을 하고 있다고들 생각합니다. 그렇다고 해서 그들의 이러한 편견을 고쳐 주겠다는 것은 아닙니다. 또 그런 계기가 있는 것도 아니구요. 하지만 지배인님께서는 다른 사람들보다도 회사의 실정을 잘 알고 계시지 않습니까? 아니 이 자리에서이니까 말씀드립니다만, 사장님보다도 지배인님께서는 훨씬 더 잘 알고 계시지 않습니까? 사장님은 자신이 기업주라는 입장 때문에 자칫하면 고용인에 대해 불리한 판단을 내리기도 하니까요. 이런 일은 번거롭게 말씀드릴 필요도 없다고 생각합니다만, 우연한 사고이며, 근거 없는 비난을 짊어져야 하는 희생물이 되기 쉬운 처지입니다. 그렇다고 해서 외판원은 어떻게 할 수도 없는 입장에 놓여 있습니다. 사실 말이지 외판원들은 사무실에서 일어나는 일들은 전혀 모르기 때문에 그것을 막아낼 방법도 알지 못합니다. 지친 몸을 이끌고 부지런히 출장길에서 돌아왔을 때 비로소 무언지 알 수 없는 꺼림칙한 분위기를 느끼면서도 그저 가슴만 서늘해질 뿐입니다. 지배인님, 제발 나가시기 전에 제 말에도 다소는 *일리[17]가 있다고 한 마디만이라도 말씀해 주십시오."

그러나 지배인은 그레고르 말을 서너 마디도 채 안 듣고 이미

---

16 공경하면서 두려워하는 감정.
17 어떤 면에서 그런대로 타당하다고 생각되는 이치.

돌아서서 입을 내민 채 벌벌 떨면서 뒤를 돌아볼 뿐이었다. 그리고 그레고르가 말하고 있는 동안에도 시선을 벽에 고정시켜 놓은 채 현관문을 향해서 슬금슬금 물러서고 있었다. 마치 이 방을 벗어나면 안 된다는 금지령이라도 내려진 것처럼 뒷걸음질만 치는 것이었다.

그는 어느덧 현관 앞에 다다랐다. 그가 한쪽 발을 현관에 내딛는 순간의 동작은 마치 발뒤꿈치에 화상이라도 입은 사람처럼 황급한 동작이었다. 현관에 이른 그는 마치 신의 구원의 손길이라도 잡으려는 듯 계단 쪽을 향해 오른쪽을 뻗을 수 있는 데까지 뻗었다. 이런 일로 회사에서 자신의 위치가 위태로워지면 곤란하다고 생각한 그레고르는 이대로 지배인을 돌려보내서는 절대 안 될 것 같았다.

부모님은 이런 모든 실정까지는 잘 모른다. 부모님은 오래 전부터 그레고르가 이 회사에서 근무하고 있는 한 안정되고 편안한 생활은 문제없을 거라는 확신을 가졌었다. 부모님들은 지금 눈앞에 닥친 근심 때문에 장래를 걱정할 여유가 전혀 없었다. 그러나 그들과는 달리 그레고르는 바로 그 장래를 걱정하고 있었다. 지배인을 붙들어 놓고 마음을 진정시킨 후 설득을 하고, 마침내 이쪽에 호의를 갖도록 하지 않으면 안 된다.

그레고르 자신과 가족의 장래가 바로 그 성패에 달려 있었다. 이 자리에 누이동생이 있었으면 얼마나 좋을까! 누이동생은 현명하다. 그레고르가 자빠져 누워 있었을 때도 그를 위해 울어 주었다. 게다가 지배인은 여자에게는 친절한 사람이니까 누이동생이

말하면 틀림없이 설복될 것이다. 누이동생이 있으면 응접실 문을
꼭 닫고, 현관에서 지배인을 붙들고 설득시켜 그의 놀란 마음을
진정시킬 수도 있을 것이다. 그러나 애석하게도 지금 그녀는 없
다. 할 수 없이 그 일을 그레고르 자신이 하지 않으면 안 된다. 그
래서 그레고르는 현재 어떻게 해야 자신의 몸을 움직일 수 있는
지 그것도 고려해 보지 않고, 또 설사 무슨 이야기를 한다 해도 십
중팔구 상대방이 알아듣지 못할 것은 생각지도 않고, 그는 문짝
을 떠나 슬금슬금 문지방을 넘었다.

　그리고 지배인 쪽으로 가려고 했다. 그 때 이미 지배인은 두 손
으로 현관의 난간을 잡고 우스꽝스런 모습으로 매달려 있었다.
그레고르는 몸을 의지할 곳을 찾다가 곧 작은 비명을 지르며 넘
어졌다. 그 순간 그는 오늘 아침 처음으로 몸이 편안해지는 것을
느꼈다. 다리들은 이제야말로 딱딱한 마룻바닥을 딛고 있었으며,
자신의 뜻대로 움직이는 것을 알고 그레고르는 기뻐했다. 뿐만
아니라 다리들은 그가 가고 싶어 하는 곳까지 그의 몸을 운반시
켜 주려고 애썼다. 이렇게 해서 마침내 그 동안의 모든 비운이 사
라질 것 같았다. 흥분을 가라앉히고 어머니가 계신 곳으로 다가
갔다. 어머니는 몸을 일으키며 두 팔을 쭉 뻗어 손가락이란 손가
락은 모두 활짝 벌린 채,

　"사람 살려요!"

　를 연발하고 있었다. 어머니는 그레고르의 모습을 자세히 보기
라도 하려는 듯이 고개를 갸우뚱거리다, 그레고르를 쳐다보기는
커녕 정신없이 뒷걸음질 쳐 달아나는 것이었다. 그녀는 뒤에 아

침 식사가 준비되어 있는 식탁이 있다는 것도 잊어버리고, 그 곳에 닿자 급히 식탁 위에 주저앉고 말았다. 그로 인해 그녀 바로 옆에 있던 큰 커피포트가 엎어져 카펫 위로 커피가 쏟아져 내렸다. 그러나 그녀는 전혀 그것을 의식하지 못하는 모양이었다.

"어머니, 어머니."

그레고르는 나직하게 부르면서 어머니를 올려다보았다. 그러는 동안 지배인에 대한 생각은 머리에서 사라지고 없었다. 그 대신 흘러내리는 커피를 보자 몇 번이나 허공을 향해 입맛을 다시지 않을 수 없었다.

그것을 보자 어머니는 또다시 큰 소리를 지르곤 식탁에서 도망쳐 때마침 달려온 아버지의 품 안으로 쓰러져 안겼다. 그러나 그는 이제 부모님에게 신경을 쓰느라 머뭇거리고 있을 수가 없었다. 지배인은 벌써 계단 위에 서 있었다. 그는 난간 위에 턱을 내밀고 마지막으로 뒤를 한번 돌아보았다. 그레고르는 무슨 수를 써서라도 지배인을 붙들기 위해 비틀거리며 달리기 시작했다. 이것을 본 지배인은 질겁을 한 모양이었다. 한꺼번에 두세 계단식 뛰어내려 자취를 감추어 버렸으니 말이다.

그러나

"휴!"

하고 한숨을 내쉬는 소리가 계단 밑에서 들려 왔다. 지배인이 도망치자 그 때까지 비교적 침착했던 아버지가 당황한 빛을 띠기 시작했다. 그는 몸소 지배인을 쫓아간다든가, 혹은 지배인을 뒤쫓아 가려는 그레고르를 내버려 두기는 커녕 지배인이 소파 위에 내팽개치고 간 모자와 외투 그리고 지팡이를 오른손에 집어 들고, 왼손으로는 식탁 위 두터운 신문지를 움켜쥐고는 발까지 구르면서 지팡이와 신문지를 휘둘러 그레고르를 그의 방으로 몰아넣으려고 했다.

그레고르가 아무리 애원을 해도 소용이 없었고 사정하는 말도 이해하지 못했다. 그가 단념하고 머리를 돌리려 했으나, 오히려 아버지는 더욱 더 무섭게 발을 구를 뿐이었다. 저쪽에서는 어머니가 날씨가 추운데도 창문을 열어 놓고 몸을 창가에 기댄 채 고개를 밖으로 쑥 내밀고는 두 손으로 얼굴을 감싸고 있었다. 골목 안과 계단 사이로 세찬 바람이 불어와 창문에 늘어진 커튼이 휘날리고, 책상 위에 있던 신문지도 몇 장인가 마룻바닥 위로 떨어졌다. 야속하게도 아버지는 야만인처럼 사납게 그레고르를 방안으로 몰아넣으려고 했다.

그런데 그레고르는 그때까지 뒷걸음질을 쳐 보지 못했으므로 매우 느릴 수밖에 없었다. 방향 전환만 제대로 할 수 있다면 힘들이지 않고 자신의 방으로 돌아갔을 것이다. 그러나 방향을 돌리는데 시간이 지체되면 다시 아버지의 신경질을 돋울까 두려웠다. 게다가 언제 어느 때 아버지의 손에 들려 있는 지팡이로 등이나 머리를 얻어맞아 목숨을 잃을지도 모른다는 위협을 느꼈다. 그러나 결국은 방향 전환을 하는 것밖에 별다른 도리가 없었다. 어차피 뒷걸음질 치다가 방향을 잘못 잡으면 더욱 큰일이었다. 그리하여 그는 계속 아버지 쪽을 힐끗힐끗 훔쳐보면서 될 수 있는 대로 빨리, 그러나 실제로는 매우 느린 동작으로 방향 전환을 하기 시작했다. 그제야 아버지도 그레고르의 마음을 눈치챘는지, 그가 하는 행동을 방해하지 않고 오히려 지팡이 끝으로 이리저리 방향을 지시해 주었다. 저 듣기 싫은 쉿쉿거리는 소리만 없다면 얼마나 좋았을까. 그레고르는 그 소리만 들으면 *침착성[18]을 잃어버리는 것이었다. 그는 거의 방향을 잘못 잡아 다시 제자리로 되돌아가기도 했다. 다행히도 머리가 문지방을 향해 틀어져 있었으나, 그대로 들어가기에는 그의 몸통의 폭이 너무 넓어서 문을 통과할 수 없다는 것을 깨달았다. 닫혀 있는 다른 한쪽의 문이라도 열어 준다면 그레고르는 무사히 통과할 수도 있을 텐데, 물론 정신없는 아버지가 그것을 알 리가 없었다. 지금 상태로 보아 아버지에게 그레고르를 위한 그러한 배려를 기대할 수는 없을 것만 같았다. 아버지는 그레고르에게 닥친 장애는 생각지도 않고, 한층 더 큰 소리로 그레고르를 몰아댔다. 이미 등 뒤에서 들려오는 그 소리는 이 세상에서 단 한 사람뿐인 아버지의 목소리가 아니었다. 정녕 웃을 일이 아니었다.

그레고르는 될 대로 되라는 식으로 무작정 문을 향해 돌진했다. 한쪽 몸통이 문에 끼여 위를 향해 치켜졌으므로, 그는 방문 사이에 비스듬히 걸려 있었다. 한쪽 옆구리가 심하게 벗겨지고 하얗게 칠한 문에는 보기 흉한 얼룩이 묻었다. 자신의 힘으로는 더 이상 어떻게 할 수 없을 정도로 *꼼짝달싹[19]도 할 수 없게 되었다. 한쪽 다리는 허공을 향해 바르르 떨었고, 다른 쪽 다리는 마룻바닥에 짓눌려서 몹시 아팠다. 그 때 아버지가 뒤에서 힘차게 그를 밀었다. 그 때문에 그레고르는 피투성이가 되어 자기 방

안으로 밀려 들어와 엎어졌다. 그때였다. 아버지가 지팡이로 방문을 닫는 소리가 꽝 하고 들렸다. 그리고 나서야 마침내 주위가 조용해졌다.

날이 어둑해져 가는 저녁 무렵쯤에 그레고르는 겨우 *혼수상태[20]와 같은 잠에서 깨어났다. 무슨 약속이 있어서가 아니라 이제는 눈을 떠야 할 시각이었다. 왜냐하면 그동안 푹 수면을 취했기 때문이다. 그러나 사실은 소란스럽게 걷는 발소리와 문간방 쪽으로 통하는 문을 조심스럽게 여닫는 소리에 잠이 깬 것 같았다. 천장과 가구 위에 가로등 불빛이 새어 들어와 비치고 있었으나, 방바닥과 그레고르의 주위는 어두웠다.

그제야 그레고르는 촉각을 서투르게 작용시키면서 무슨 일이 일어났나 알아보려고 살그머니 문 쪽으로 기어갔다. 왼쪽 허리 언저리에 불쾌하게 땡기는 듯한 커다란 상처가 생겨서 그는 두 줄로 된 양쪽 다리를 절름거리지 않을 수가 없었다. 게다가 아침에 소란으로 한쪽 다리에 심하게 부상을 입고 있었다. 그는 힘없이 질질 다리를 끌고 기어갔다. 그는 문 앞까지 와서야 비로소 무엇이 그를 유혹했는지를 알게 되었다. 그것은 바로 음식 냄새였

18 행동이 들뜨지 아니하고 차분한 성질.
19 몸이 아주 조금 움직이는 모양.
20 의식을 잃고 인사불성이 되는 일.

다. 즉, 그곳에는 흰 빵 부스러기가 둥둥 떠 있는 우유 그릇이 놓여 있었다. 그레고르는 기쁜 나머지 °탄성[21]을 지를 뻔 했다. 아침나절보다도 배가 더 고팠기 때문이다. 그는 곧 우유 속에 눈까지 잠길 정도로 머리를 집어넣었다. 그러나 이내 실망하고 목을 움츠렸다. 몸통의 왼쪽 허리 언저리가 아파서 먹기가 부자연스러웠을 뿐 아니라, 평소에는 아주 즐겨 먹던 것이었고 그래서 누이동생을 위해 방안에 넣어 준 우유였는데, 지금은 전혀 맛이 나지 않았다. 그는 온몸에 소름이 끼치는 것 같아 음식을 밀치고 방 한가운데로 기어서 왔다.

문틈으로 내다보니 거실의 가스등°이 훤히 밝혀져 있었다. 여느 때 같았으면 이 시각에는 아버지가 °석간신문[22]을 어머니나 누이동생에게 큰 소리를 내어 읽어 주었을 텐데, 지금은 아무 소리도 들리지 않았다. 그러고 보니 누이동생이 항상 들려주었고, 출장 때면 편지로 알려 주던 아버지의 신문 낭독 행사가 요즘에 와서 막을 내린 모양이었다. 그렇다 해도 집안에 사람이 전혀 없지는 않을 텐데 주위가 너무나도 조용했다.

"어쩌면 이렇게들 조용하게 지낼 수가 있을까!"

그레고르는 혼잣말을 했다. 그리고 밀려오는 어둠을 지켜보면서 부모님과 누이동생에게 이런 좋은 환경에서 생활을 할 수 있도록 해 준 자신이 대견하게 여겨졌다. 그러나 지금의 안락, 행복, 만족의 일체(전부)가 무서운 종말로 다가온

가스등 석탄 가스를 도관(導管)에 흐르게 하여 불을 켜는 등.

다면 어떻게 될 것인가? 이런 환상을 떨쳐 버리기 위해서 차라리 몸이라도 움직여 보는 것이 낫겠다고 생각한 그레고르는 이리저리 방안을 기어 다녔다.

오랜 저녁 시간이 흐른 사이에 옆쪽 문이 한 번, 그리고 맞은편 문이 한 번 빠끔히 열렸다가 이내 닫혀 버렸다. 누군가가 뭔가를 하기 위해 방을 기웃거리는 모양이지만 불안해서인지 망설이는 눈치였다. 그레고르는 문 옆에 몸을 바짝 밀착시키고 들어오기를 주저하고 있는 방문자를 어떻게 해서든지 방안으로 들어오게 하든가, 그것이 불가능하다면 최소한 상대가 누구인가를 알아내려고 했다.

그러나 문은 한참을 기다려도 더 이상 열리지 않았다. 문이 모두 잠겨 있었을 때는 저마다 서로 그레고르의 방으로 들어오려고 했었는데, 지금은 아무도 들어오려 하지 않았다. 더구나 문 하나는 이미 그레고르가 열었었고, 다른 문들은 모두 낮 동안에 열렸을 것이 분명하다. 그리고 지금은 모든 자물쇠가 밖에서 채워져 있었다.

밤이 깊어 거실의 등불이 꺼졌을 때에야 비로소 그는 부모님과 누이동생이 그 때까지 자지 않고 있었음을 짐작할 수 있었다. 그때 발끝으로 걸어서 가만가만히 멀어져 가는 세 사람의 발소리를 똑똑히 들었기 때문이다. 그렇다면 다음날 아침까지는 아무도 그

---

21 몹시 감탄하는 소리.
22 매일 저녁때에 발행되는 신문.

레고르의 방을 방문하지 않으리라. 그리하여 그레고르는 새벽녘까지의 남은 시간을 이용하여 앞으로의 생활에 대해서 깊이 생각해 볼 작정이었다. 그런데 지금 방바닥 위에 납작하게 엎드려 있는 이 방, 천장이 높고 텅 빈 이 방은 그를 묘한 불안 속으로 몰아넣었다.

도대체 원인은 알 수 없었다. 5년 동안이나 지내온 자신의 방이 아닌가? 그레고르는 거의 무의식적으로 몸을 굽혀 부끄러운 생각을 하면서 소파 밑으로 기어 들어갔다. 등허리가 약간 눌리고 고개를 쳐들 수 없었지만, 소파 밑은 매우 편안하고 아늑했다. 단지 몸통이 너무 커서 전신이 완전히 들어가지 않는 게 안타까웠다.

밤새도록 소파 밑에 엎드린 채로 꾸벅꾸벅 졸기도 하고, 이따금 배가 고파서 잠에서 깨어나기도 하고, 또 걱정과 막연한 희망에 사로잡히기도 하면서 하룻밤을 새웠다. 그러나 아무리 생각해 보아도 결론은 한 가지였다. 인내와 조심성을 가지고, 가족이 더 이상 놀라거나 힘들어하지 않도록 노력하는 것이다.

자신의 이런 모습은 아무래도 집안사람들에게 *혐오감[23]을 줄수밖에 없기 때문이다. 해가 채 뜨기도 전인 새벽녘에, 그레고르는 자기가 다진 결심을 시험해 볼 기회를 얻었다. 문간방에서 어느새 옷을 갈아입은 누이동생이 긴장된 얼굴로 문을 열고 방안을 들여다본 것이다. 그녀는 한참 뒤에 소파 밑에 있는 오빠를 발견하자, 몹시 놀라며 그녀는 스스로 어찌 할 바를 몰라 하다가 밖에서 문을 닫아 버리는 것이었다. 하지만 이내 자신의 태도를 뉘우

친 양 다시 문을 열고는 방안으로 들어왔다. 마치 중병 환자나 낯선 사람의 방에 들어오는 듯 조심스런 태도였다.

그레고르는 소파 가장자리까지 목을 빼고 누이동생을 관찰했다. 우유를 마시지 않은 이유를 누이동생이 알아줄까? 배가 고프지 않아서 먹지 않은 게 아닌데. 좀 더 입맛에 맞는 맛있는 것을 가져다 줄 수는 없는 걸까? 누이동생이 시키지 않아도 자진해서 가져다준다면 얼마나 좋을까. 그로서는 누이동생으로 하여금 그것을 깨닫게 하느니보다는 차라리 굶어 죽는 편이 나을 것 같았다.

그레고르는 소파 밑에서 다시 뛰어나와 누이동생 발밑에 몸을 던지며 무엇이든 맛있는 것을 가져다 달라고 청하고 싶었다. 그러나 누이동생은 놀란 표정으로 조금도 줄지 않은 우유 그릇을 곧 발견했다. 그릇 주위엔 약간의 우유가 흘러 있을 뿐 우유는 그대로 남아 있었다. 그녀는 곧 그릇을 집어 들었다. 맨손이 아니라 걸레 조각으로 말이다. 그리고는 마시지 않은 우유를 들고 밖으로 나갔다.

이번에는 우유 대신에 무엇을 가져다주려나 하고 그레고르는 기대를 걸고 이것저것 생각해 보았다. 그러나 누이동생이 정성껏 들고 온 것을 보고는 그는 다시 말문이 막혀 버렸다. 누이동생은 오빠의 *식성[24]을 시험해 보기 위하여 여러 가지 음식물을 한꺼

---

23 병적으로 싫어하고 미워하는 감정.
24 음식에 대하여 좋아하거나 싫어하는 성미.

번에 가지고 와서 그것들을 헌 신문지 위에다 펼쳐 놓는 것이었다. 그것들은 반쯤 썩은 야채와 가장자리에 흰 소스가 말라붙어 있는 저녁 식사 때 먹다 남은 뼈다귀, 건포도와 호두 몇 알, 그레고르가 이틀 전에 이런 것도 먹을 수 있느냐고 핀잔을 주었던 치즈, 아무것도 바르지 않은 마른 빵과 버터를 바른 빵, 버터를 발라 소금을 뿌린 빵, 그리고 물을 담은 그릇이 있었다.

아무래도 이것은 그레고르를 위해 정해 놓은 음식인 모양이었다. 그리고 누이동생은 서둘러 방 밖으로 나가더니 이내 밖에서 방문을 잠가 버렸다. 누이동생은 그레고르가 자기 앞에서는 아무 것도 먹지 않을 것이라고 생각했기 때문이었다. 그리고 문을 잠근 것은 다른 사람이 보지 않으니 마음 놓고 먹으라는 그녀의 신호였던 것이다.

그는 밥을 먹기 위해 다리를 꿈틀거리기 시작했다. 상처는 어느새 다 나아버린 듯 했다. 이제는 아무데도 아프지 않았다. 이 점에 대해서 그레고르는 몹시 놀랐다. 한 달 전에 칼로 벤 손가락이 어제까지 욱신욱신 쑤셔 대지 않았던가.

'그렇다면 나의 감각이 갑자기 둔해진 것이 아닌가?'

하고 생각하며 그는 허겁지겁 치즈를 먹기 시작했다. 여러 가지 음식 중 그레고르의 구미를 당긴 것은 다름 아닌 이 치즈였다. 치즈, 야채, 소스의 순서로 순식간에 먹어 치우며, 만족스러운 나머지 눈물까지 흘러나왔다. 그런데 신선한 식품 쪽은 오히려 맛이 없었다. 무엇보다도 냄새부터 견딜 수가 없어서, 먹고 싶은 것만을 골라 한쪽 옆으로 끌어가 먹기까지 하였다. 그가 다 먹어 치운 후 원래 자리로 돌아가 *태평스럽게²⁵ 뒹굴고 있는데 누이동생이 천천히 열쇠를 돌리는 소리가 들려 왔다. 소파 밑으로 들어가라는 신호였다. 이미 막 잠이 들려는 상태였음에도 불구하고 그는 그 소리에 놀라 급히 소파 밑으로 기어 들어갔다. 그런데 누이동생이 방안에 있는 동안의 그 짧은 시간조차 소파 밑에 들어가 있는 일이 그레고르로서는 쉽지 않은 *고역²⁶이었다. 왜냐하면 음식을 잔뜩 먹었기 때문에 배가 불러 얕은 소파 밑은 갑갑해서 숨도 제대로 쉴 수 없을 지경이었기 때문이다. 그런 사실을 전혀 눈치채지 못한 누이동생은 먹다 남은 찌꺼기뿐만 아니라 전혀 입도대지 않은 것까지도 빗자루로 쓸어 모았다. 일단 이 곳에 가지고온 음식은 입을 대지 않은 것이라도 쓸모가 없다는 식이었다. 그리고는 재빨리 모든 음식을 쓸어 통속에 넣고는 나무 뚜껑을 닫은 후에 방을 나갔다.

그레고르는 숨이 막혀 질식할 듯한 상태에서 약간 튀어나온 눈으로 누이의 모습을 바라보았다. 누이동생이 등을 보이며 돌아서자마자 그레고르는 금방 소파 밑에서 기어 나와 기지개를 켜며 편안한 자세가 되었다.

이런 식으로 매일의 식사가 그레고르에게 제공되었다. 아침 식사는 부모님과 하녀가 일어나기 전에, 점심 식사는 식구들의 식사가 모두 끝난 후에 주어졌다. 왜냐하면 점심 후에는 늘 부모님

---

25 아무 근심 걱정이 없고 평안한 데가 있음.
26 몹시 힘들고 고되어 견디기 어려운 일.

은 잠시 동안 낮잠을 잤고, 하녀는 누이동생의 심부름으로 장을 보러 외출하기 때문이었다. 물론 아무도 그레고르를 굶겨 죽이려 생각하지는 않았지만, 그런 시간에 음식을 주는 이유는, 결국 집 안사람들이 그레고르를 피하고 싶었기 때문이며, 그레고르에 대한 이야기는 누이동생의 입을 통해서 듣는 것만으로도 족했기 때문이다. 또, 누이동생으로서는 가족들에게 더 이상 이 일로 걱정을 끼쳐, 슬픔을 더 크게 확대시키고 싶지 않았던 것이다.

그레고르로서는 도대체 첫날 아침에 불러왔던 의사와 열쇠 장수를 어떤 구실을 붙여서 돌려보냈는지, 그 무렵의 일을 전혀 알 수가 없었다. 그레고르가 하는 말은 상대방이 이해하지 못했으며, 또 사람들은 그레고르가 자신들의 이야기를 정확하게 이해할 수 있으리라고는 아무도 믿지 않았기 때문이다. 그런 상황이었기 때문에 누이동생도 그레고르의 방에 들어와서는 가끔씩 한숨을 쉬거나, 성자의 이름을 외우며 기도하는 것 외에는 아무 말도 하지 않았다.

따라서 그레고르도 그것을 듣는 것으로 만족할 수밖에 없었다. 후에 누이동생이 모든 일에 다소 익숙해졌을 때, 그레고르가 하는 말 정도는 어느 정도 알아들을 수가 있게 되었다. 그레고르가 식사를 남김없이 다 먹었을 때 누이동생은,

"어머, 오늘은 맛이 있었던 모양이네요."

하고 말했고, 반면에 대부분의 경우에는

"또 전혀 먹지를 않았군요."

하고 슬픈 듯이 말하는 것이었다. 그런데 그 후자의 경우가 차

츰 빈번하게 반복되기 시작했다.

누이동생에게 직접 아무것도 새로운 사실을 전해들을 수 없었으므로 그레고르는 옆 방에서 흘러나오는 이야기에 귀를 기울였다. 조금이라도 사람의 목소리가 들리면 그는 곧 문 옆으로 기어가서 몸을 문에다 바짝 붙였다. 특히 처음 며칠 동안에는 속삭이는 소리이기는 했지만 그에 대한 이야기가 나오지 않은 적이 한 번도 없었다. 이틀 간 계속해서 세 번의 식사 때마다 어떻게 할 것인지를 상의하는 말소리가 들렸다. 그런데 식사와 식사 사이의 시간에도 집안의 누군가가 자기에 대하여 서로 이야기하는 소리가 들렸다. 즉, 아무도 혼자서는 집에 남아 있고 싶어 하지 않았던 것이다.

그러나 만일의 경우를 위하여 집안 식구가 모두 나가 버릴 수는 없으므로, 언제나 최소한 두 사람은 집에 남아 있었다. 하녀가 이번 일에 대하여 무엇을 어느 정도로 알고 있는지는 충분히 알 수 없었다. 그러나 이미 첫날에 그녀는 어머니 앞에 무릎을 꿇고 당장 그만두고 싶다는 말을 했다. 그리고 15분쯤 지나 마침내 집을 나갈 때에는 마치 큰 은혜나 입은 것처럼 눈물을 흘리면서 해고시켜 준 데 대하여 감사를 표시하고, 이쪽에서 부탁하지도 않았는데, 이번 일에 대해서는 털끝만큼도 다른 사람에게 말하지 않겠노라고 굳게 맹세하고 떠났다.

그렇게 되자 이제부터는 누이동생이 어머니와 함께 부엌일을 해야만 했다. 그러나 그 일이란 것이 크게 힘든 것은 아니었다. 왜냐하면 식구들은 모두 거의 아무것도 먹지 않았기 때문이다. 한 사람이 다른 사람에게 많이 먹으라고 계속 권하였으나 그렇게 해도 아무 소용이 없었다.

상대방은

"고마워요, 많이 먹었어요."

하는 정도의 말 이외에는 아무 말도 하지 않았다. 그레고르는 그런 식으로 서로 대화하는 것을 자주 들었다. 술 종류도 마시지 않는 모양이었다. 누이동생이 곧잘 아버지에게 맥주를 드시겠느냐고 물어 보았다.

그러나 아버지는 악을 쓰며 큰 소리로,

"안 마시겠다."

하고 말하는 것이었다. 그리고 이것으로 맥주에 대한 이야기는 더 이상 나오지 않았다.

이미 첫날, 아버지는 아내와 누이동생에게 우리 집의 모든 재정 상태며 장래의 전망에 대해 설명해 주었다. 그는 이따금 작은 금고에서 문서나 장부 같은 것을 들고 왔는데, 이 금고는 5년 전, 그의 사업이 ˙파산²⁷했을 때 겨우 건져 낸 것이었다. 복잡한 자물쇠를 열고 필요한 것을 찾은 후에 다시 잠그는 소리가 들려왔다. 부친의 이러한 설명은 어떤 점에서는 그레고르가 감금 생활을 시작한 이래로 그의 마음을 위로해 주는 최초의 일이었다. 이제까지 그는 부친이 파산했기 때문에 빈털털이가 되어 버렸다고만 믿고 있었다. 부친은 최소한 그레고르에게 그 반대의 말은 하지 않았던 것이다. 또 그레고르 쪽에서도 그것에 대해 부친에게 물어본 적이 없었다. 당시 그레고르로서는 가족들을 완전한 절망으로 몰아넣은 그 사업상의 불행을 될 수 있는 대로 빨리 가족들의 머릿속에서 지워 버리는 데 힘을 기울이는 일 외에는 아무것도 생각하지 않았다.

그랬기 때문에 그레고르는 남보다 열심히 일했으며, 하룻밤 사이에 미미한 °일개[28] 점원에서 외판원으로 뛰어오를 수 있었던 것이다. 물론 외판원이 되고부터는 돈을 버는 여러 가지 방법들을 알게 되었고, 일의 결과는 당장 수수료나 현금 형태로 바뀌었다. 그래서 이 돈을 집으로 가져와 가족들이 놀라게 테이블 위에 펼쳐 보일 수가 있었던 것이다. 그 무렵은 정말 신났었다. 후에 그레고르는 충분히 한 가정을 지탱할 수 있을 정도의, 그리고 현재 집안 재정을 꾸려 나가는데 넉넉한 돈을 벌기는 했지만, 그 신이 나던 시절은 이제는 더 이상 그 옛날의 화려함과 더불어 돌아오지 않을 것이다.

가족들도 그레고르도 그것이 모두 습관이 되어 버려서 돈을 받는 쪽의 감정과 내놓은 쪽의 호기에는 변함이 없었지만, 거기에는 이미 훈훈한 정이 담긴 특별한 감정이 나올 수가 없었다. 오직 누이동생만이 변함없이 오빠에게 각별한 애정을 나타내고 있었다. 그레고르와는 달리 그녀는 음악에 재능이 있었다. 바이올린 솜씨가 훌륭했으므로, 이 누이동생을 내년에는 음악 학교에 입학시켜 주어야겠다는 것이 그레고르가 평소에 생각해 둔 계획이었

---

27 재산을 모두 잃고 망함.
28 보잘 것 없는 한낱.

다. 특히 학비가 많이 들겠지만, 그 정도의 돈은 또 다른 방법으로 어떻게 해서든지 °변통²⁹할 수 있을 것이라고 생각했다.

그레고르가 이따금 잠시 집에 돌아와 있는 동안에도 음악 학교에 대한 이야기는 가끔 오누이 사이의 화제가 되었으나, 그것은 불가능한 아름다운 꿈으로만 여겨지고 있었다. 부모님은 그런 순진한 대화를 듣기만 해도 인상을 찌푸리곤 했다. 그러나 그레고르는 이 계획을 빈틈없이 세워 놓고 크리스마스이브에는 그것을 엄숙하게 발표하려고 마음먹고 있었던 것이다.

그레고르는 꼿꼿이 일어서서 몸을 문에 기댄 채 귀를 기울이고 있는 동안에도, 이제 아무 소용이 없는 그런 일들을 문득문득 생각하였다. 때로는 엿듣기 위하여 귀를 기울이고 있는 동안 온몸에 허기가 져서, 무의식중에 머리를 문에 부딪치는 일도 있었다. 그럴 때면 급히 문을 꼭 붙들었다. 왜냐하면 그러한 아주 작을 소리까지도 옆방 사람들의 귀에 들어 갈 경우에는 모두가 말을 멈춰 버리기 때문이다. 그리고 잠시 사이를 두었다가 부친이 문 쪽을 향해서

"또 무슨 짓을 하는군."

하고 말하고는 잠시 동안 중지했던 대화를 다시 소곤소곤 시작하는 것이었다.

그레고르는 그들의 대화를 거의 모두 엿들었다. 왜냐하면 아버지는 자신의 말을 누누이 반복하는 버릇이 있었기 때문이다. 그것은 아버지로서도 이미 오랜 세월 동안 그런 이야기를 꺼내지 않은데다가, 또 이야기를 듣는 어머니도 단번에 상대방의 말을

이해하는 법이 없었기 때문이다. 아버지의 설명을 엿듣고 그레고르가 분명하게 안 사실은, 여러 가지로 타격을 받았음에도 불구하고 옛날의 재산이 아직도 조금 남아 있으며, 그 동안에 전혀 쓰지 않고 남에게 빌려 준 돈이 적지만 어느 정도 이자가 붙어났다는 것이다. 게다가 매월 그레고르가 집에 가져온 돈도 그레고르 자신은 용돈으로 겨우 2, 3˚휠던[30]을 썼을 뿐이었다. 그러니까 전부 소비된 것이 아니었고 열심히 저축을 해서 약간의 돈이 모여져 있다는 것이다.

그레고르는 문 뒤에서 열심히 고개를 끄덕이며, 이 뜻하지 않은 조심성과 근검절약을 기뻐했다. 옛날에 그러한 여유 있는 돈이 있었다면 부친의 ˚부채[31]를 모두 갚아 버리고 홀가분하게 그 직장을 그만둘 수도 있었겠지만, 지금에 와서 생각하면 부친이 취한 옳은 행동이 집안에 행운을 가져왔다는 것은 의심할 여지가 없었다.

돈이 좀 있긴 하지만 그 정도의 적은 이자로 한 집안의 생활을 꾸려 나가는 것은 힘든 일일 것이다. 아마도 그 정도의 돈으로는 1년이나 겨우 2년 정도 연명할 수 있을 것이다. 결국 그것은 손을 대서는 안 될 돈이었고 만일의 경우를 대비하여 남겨 두어야 할 정도의 금액에 지나지 않았다.

생활비는 다른 방법으로 벌어야만 된다. 그런데 아버지는 건강

---

29 형편과 경우에 따라서 일을 융통성 있게 잘 처리함.
30 네덜란드의 화폐 단위.
31 남에게 진 빚

하기는 했지만 아무래도 이미 나이가 많은데다가 5년 동안이나 아무 일도 하지 않고 지내 왔기 때문에 일을 할 자신을 상실하고 있었다. 더욱이 고생만 하고 전혀 보람이 없었던 그의 평생에서 처음으로 얻은 휴가라고 할 수 있는 이 5년 동안에, 완전히 살이 쪄 버려 몸조차 자유로이 움직일 수 없는 상태였다.

그렇다면 어머니가 일을 해야 되는데, 어머니는 심한 천식을 앓고 있어서 항상 창문을 열어 놓고 소파 위에서 지내야 하는 형편이 아닌가? 그러면 남는 것은 누이동생인데, 이제 겨우 열일곱 살의 소녀로서 지금까지의 생활이라야 몸치장이나 하고, 잠만 자고, 고작해야 부엌 심부름이나 하고, 돈이 들지 않는 구경이나 다니고, 무엇보다도 바이올린을 켜는 일이나 하면서 지금까지 지내 온 어린 아이가 아닌가. 이 어린 누이동생이 어찌 한 집안을 떠맡을 수가 있겠는가? 옆방에서의 대화가 여기까지 나오면, 언제나 그레고르는 문에서 떠나 바로 옆에 있는 싸늘한 가죽 소파 위에다 몸을 내던졌다. 수치심과 슬픔 때문에 몸이 달아올랐기 때문이다.

그레고르는 가죽 소파 위에서 꼼짝하지 않고 소파에 씌워진 가죽을 쥐어뜯는 일이 잦아졌다. 그런가 하면 때로는 힘든 줄도 모르고 의자를 창가로 밀고 가서 창턱에 기어오르기도 했으며, 어떤 때는 그냥 그 의자에 앉은 채 창에 기대어 예전에 창밖을 바라보면서 느꼈던 일종의 해방감을 막연하게나마 느껴보기도 했다. 매일 그렇게 바라보고 있노라니 이제는 조금 떨어진 곳에 있는 것도 날이 갈수록 그 윤곽이 차츰 희미해져 갔다. 예전에는 아침저녁으로 눈앞에 보이는 건너편 병원 건물이 보기 싫어서 견딜 수 없었는데, 그 병원도 이제는 볼 수 없게 되었다. 자신이, 한적하기는 하지만 그래도 도시 한복판인 이 샬로테 거리에 살고 있다는 사실을 확실히 기억하지 못하고 있었다면, 그는 창밖의 전망이 회색 하늘과 회색 대지가 분간되지 않은 채 뒤섞여 있는 °황야[32]라고 해도 별로 의심치 않았을 것이다. 주의력이 깊은 누이동생은 단 두 번 창가에 놓여 있는 의자를 발견한 후, 방 청소를 끝내면 항상 창가의 그 자리에다 의자를 갖다 놓았고, 뿐만 아니라 그 이후로는 안쪽 창문까지 열어 놓았다.

만일 그레고르가 누이동생과 이야기가 통해서 그런 모든 것에 대해 감사를 표시할 수만 있었다면, 누이동생의 보살핌을 좀 더 편안한 기분으로 받아들일 수도 있었을 것이다. 그러나 그것이 불가능했기 때문에 그의 마음은 더욱 괴로웠다. 물론 누이동생은 여러 가지 건으로 인한 괴로움을 될 수 있는 대로 잊으려고 노력했다. 그리고 시간이 흐름에 따라서 그러한 모든 일들은 점점 나아져 갔다. 게다가 그레고르 쪽에서도 모든 것을 처음보다는 훨씬 정확하게 관찰할 수 있게 되었다. 이제는 누이동생이 방 안에 들어오기만 해도 그레고르는 겁을 냈다. 전에는 누이동생이 가능한 한 그레고르의 방을 다른 사람에게 보이지 않으려고 애를 썼으나, 이제는 그레고르의 방에 들어서기가 바쁘게 급히 창가로 달려가서는 마치 질식이라도 할 것처럼 얼른 창문을 활짝 열어

---

32 버려두어 거친 들판.

놓고는, 아무리 추워도 잠시도 창가를 떠나지 않았다.

그녀는 이러한 °달음박질[33]과 창문의 덜거덕거리는 소리로 하루에 두 번씩 그레고르를 겁먹게 만들었다. 그래서 그레고르는 누이동생이 방안에 있는 동안에는 항상 소파 밑에서 움츠려 있어야 했다. 그러나 누이동생을 충분히 이해할 수 있었다. 만일 누이동생이 그레고르의 방에서 창문을 닫은 채로 일할 수만 있었다면, 그는 이런 고통을 느끼지 않았을 것이다.

그레고르가 변신한 지 한 달 쯤 지난 어느 날— 그 무렵에는 이미 누이동생은 그레고르의 모습을 보고도 새삼스럽게 놀라거나 하지 않았다. — 한 번은 누이동생이 평소보다 약간 빨리 왔기 때문에 그레고르가 꼿꼿이 선 채로 꼼짝도 하지 않고 조용히 창밖을 내다보고 있을 때, 그녀가 들어온 적이 있었다. 누이동생은 그러한 그레고르의 모습을 보자 기겁을 했다. 그레고르가 그렇게 창가에 서 있으면 바로 창문을 열 수 없기 때문에 누이동생이 방안으로 들어오지 않은 것은 전혀 이상하지 않았다.

그러나 누이동생은 방안으로 들어오지 않을 뿐만 아니라, 뒷걸음질을 치다가 문을 닫아 버렸다. 모르는 사람이 보았다면, 그레고르가 누이동생이 들어오기를 기다리고 있다가 그녀에게 덤벼들려고 한 것이 아닌가 하는 생각을 해도 무리는 아니었을 것이다. 물론 그레고르는 곧바로 소파 밑으로 몸을 숨겼는데, 다시 누이동생이 찾아온 것은 정오 무렵이었다. 뿐만 아니라, 그녀는 평소보다 더욱 안절부절 못하고 불안스럽게 보였다. 그러고 보면 오빠의 모습을 보는 것이 누이동생으로서는 여전히 견딜 수 없는 노릇인 셈이다. 앞으로도 이런 상황이 계속될 것이라는 사실을 그레고르는 그 일로 미루어 알고 있었다. 아무리 소파 밑에 숨어 있어도 그의 몸통이 조금은 내보였다. 그런데 누이동생은 오빠의 몸 일부분만 보여도 도망치고 싶었지만 그것을 참고 있었다. 그것은 자기 자신을 굉장히 자제하고 있기 때문인 것으로 여겨졌다.

어느 날 그레고르는 그의 몸이 조금이라도 누이동생의 눈에 띌까 봐 이불을 등에 올려놓고 소파 위로 날랐다.[33] 이 작업은 꼬박 4시간이 걸렸다. 그리고 그는 자신의 몸이 조금이라도 보이지 않게끔, 또 설사 누이동생이 몸을 구부린다 해도 보이지 않도록 이불을 잘 덮었다. 누이동생이 이불이 불필요하다고 생각한다면 물론 치워 버릴 수도 있었다.

그러나 그레고르가 재미삼아 이런 식으로 몸을 드러내지 않는 것이 아니라는 것쯤은 누이동생도 짐작할 것 같았다. 그가 이불을 약간 치켜들고 누이동생이 이런 행동을 어떻게 생각하고 있는가를 엿보았을 때, 누이동생의 눈에는 마치 감사하는 듯한 미소가 감돌았다.

그레고르가 변하고 처음 2주 동안, 부모님은 그의 방에 들어가기를 꺼려했다. 예전에 부모님은 누이동생에게 자주 화를 냈었는데, 그것은 누이동생을 탐탁치 않는 딸자식 정도로만 여겨왔기 때문이었다. 그러나 이제는 누이동생의 행동을 고마워하

---

33 급히 뛰어 달려감.

고 있다는 것을 이따금 그들의 대화에서 그레고르는 짐작할 수
있었다. 이제는 누이동생이 그레고르의 방을 청소하고 밖으로
나오면 부모님은 곧 방안의 상태며, 그레고르가 먹은 것이며 행
동거지, 그리고 조금 나아지는 징조가 보이는지에 대해서 물었
고, 누이동생은 자세하게 부모님에게 설명해 주었다. 그리고 어
머니는 조만간에 그레고르를 만나보고 싶어 했으나 부친과 누
이동생이 여러가지 적당한 이유를 들어어머니의 방문을 저지
했다. 그 이유라는 것을 그레고르는 매우 신경을 곤두세우며 듣
고 있었는데, 그것은 참으로 옳은 것이었다. 여지껏 어머니도
여러 가지 이유로 주저했으나, 마침내 아버지와 누이동생이 그
녀를 필사적으로 만류하기에 이르렀다. 모친은 있는 힘을 다해
외쳤다.

"들어갈 수 있게 해 주세요, 그레고르를 만나야겠어요. 뭐니뭐
니해도 그 애는 내 자식이니까요. 가엾은 아이라는 걸 당신도 잘
알고 계시지 않나요."

매일은 아니더라도 최소한 일주일에 한 번쯤은 어머니가 자식
의 방을 방문해 주는 것도 좋지 않겠는가.

'누구보다도 어머니가 모든 일을 더 잘 돌봐 줄 것이다. 누이동
생의 마음을 고맙게는 생각하지만 단지 어린 소녀다운 가벼운 기
분에서 그런 어렵고 귀찮은 일을 담당하고 있는 것이니까.'

어머니를 만나보고 싶다는 그레고르의 소원은 얼마 되지 않아
이루어졌다. 그레고르는 부모님의 상심을 염려해서 한낮에는 되
도록 창가에 가지 않기로 결심했다. 그러나 넓지 않은 방을 돌아

다녀 보았자, 겨우 3평방미터 넓이밖에 되지 않아 별 흥미가 없었다. 쥐 죽은 듯이 지내는 것은 밤만으로도 충분했고, 음식을 먹는 일도 요즘에 와서는 그다지 내키지 않았기 때문에, 사방을 헤집고 다니는 습관을 들여 기분 전환을 하고 있었다.

그 중에 천장에 달라붙어 있는 일은 그를 흥미롭게 했다. 방바닥에 엎드려 있는 것과는 또 다른 기분이었다. 마음이 편안해지고 가벼운 진동이 온몸으로 전해졌다. 그는 천장에 달라붙어 있으면서 너무도 행복에 젖어 아무것도 느낄 수 없는 상태에 빠져들었다가 *무의식[34] 중에 다리가 떨어져 스스로 깜짝 놀라는 일도 종종 있었다.

그러나 변화된 자신의 몸을 지금은 자유로이 움직일 수 있으므로 그렇게 추락을 해도 대단한 일은 아니었다. 누이동생은 그레고르가 생각해 낸 이 새로운 취미를 이내 알아챘다. 그레고르가 벽이나 천장을 기어 다니면서 여기저기 찐득찐득한 점액 자국을 남겼던 것이다. 누이동생은 오빠가 움직이는 데 방해가 되는 가구나 특히 옷장과 책장을 치워 주려고 마음 먹었다. 그런데 그 일은 혼자서 할 수 있는 일이 못 되었다. 그렇다고 해서 아버지에게 도움을 요청할 수는 더더구나 없었다.

아무리 생각해도 아버지가 없는 기회를 타서 어머니에게 도움을 청하는 도리밖에 달리 방법이 없었다. 어머니는 기쁜 나머지 탄성을 지르며 도와주려 했으나, 그레고르의 방문 앞까지 오자

---

34 자신의 언동이나 상태 따위를 스스로 깨닫지 못하는 일체의 작용.

어머니는 더 이상 입을 열지 않았다. 물론 누이동생은 어머니를 부르기 전에 그레고르의 방안을 사전 점검했다. 그리고 확인이 끝난 후에야 비로소 어머니를 방안으로 안내했다.

그레고르는 당황해서 이불을 보통 때보다 깊이, 일부러 주름을 많이 잡히게 해서 덮었다. 그래서 제대로 보지 않으면 그냥 소파 위에 널려 있는 이불처럼 보였다. 그레고르는 이번에도 습관적으로 이불 밑에서 조심스럽게 상황을 엿보았다. 그러나 순간적으로 어머니의 모습을 보는 것은 단념했다. 마침내, 어머니가 방문해 주었다는 것만으로도 마음이 흡족했다.

"괜찮아요. 들어오세요, 어머니. 보이지 않아요."

하고 누이동생이 말했다. 들어가기를 망설이는 어머니의 손을 누이동생이 끌어당기고 있는 것 같았다. 얼마 후 그레고르의 귀에는 연약한 두 여인이 꽤 낡고 무거운 옷장을 힘겹게 옮기는 소리가 들려 왔다. 그리고 일의 대부분을 누이동생이 도맡아 하는지, 어머니는 걱정스런 목소리로 너무 무리하지 말라고 하는 모양이었다. 그러나 누이동생이 계속해서 부지런히 움직이는 소리가 들렸다. 시간이 이럭저럭 15분 정도는 지났다고 생각될 쯤, 어머니의 힘없는 목소리가 들렸다.

"아무래도 이것은 그대로 이 방에 두는 것이 낫지 않겠니? 너무 크고 무거워서 아버지가 돌아오시기 전에 옮길 수 없을 것 같구나. 그렇다고 이 큰 것을 그냥 방 한가운데에다 놓아두면 그레고르가 다니는 데 방해가 될 테고. 더구나 가구를 치워 버리는 것을 그레고르가 좋아할지 우리로서는 알 수 없지 않겠니. 차라리 전처럼 두는 편이 그레고르를 위하는 것이 아니겠느냔 말이야. 가구가 없으니 방안이 온통 텅 비어서 나로서는 허전한 기분이 드는구나. 그레고르가 오랫동안 이 방에서 지내 왔으니 갑자기 모든 것을 바꿔 버리면 그레고르는 아무래도 버림받은 기분이 들지 않을까? 게다가 이런 짓을 한다는 것은."

하고 어머니가 여린 목소리로 말했다. 처음부터 어머니는 조용히 누이동생의 귓가에 바짝 다가가 말을 하였다. 그레고르가 어디에 숨어 있는지 정확하게 알 수는 없었지만, 하여튼 자신의 목소리가 그에게 들리게 하고 싶지 않다는 태도였다. 그녀는 설마 그레고르가 사람의 말을 이해하리라고는 도저히 생각하지 못하는 것 같았다.

"가구를 없애 버린다면, 마치 우리가 그 아이의 회복을 아주 단념해 버리고, 더 이상 그 아이에 대하여 신경을 쓰지 않는 것처럼 보이지 않겠니? 나는 그런 생각이 든다. 방 모양을 옛날과 똑같이 놓아두어야 그가 회복되었을 때라도 자기 방이 하나도 변하지 않은 것을 보고 그만큼 쉽게 그 동안의 일을 잊을 수가 있을 것 같구나."

이처럼 말하는 어머니의 말을 엿들은 그레고르는 깨달았다. 사람들과 어울릴 수 없고, 더구나 집에서 단조로운 이 두 달 동안의 생활이 아무래도 자신의 머리를 돌아 버리게 한 것이 아닌가 하고. 왜냐하면 방안이 텅 비어 버리는 수밖에 다른 도리가 없었기 때문이다. 제정신이라면 선조로부터 물려받은 가구가 놓여 있는 정든 방을 텅 빈 동굴로 만들어 버리려는 생각을 감히 할 수 있겠는가 말이다.

가구가 없으면 물론 구석구석을 마음대로 기어다닐 수는 있겠지만, 그와 동시에 옛날의 그의 삶은 순식간에 잊어버리게 되리라. 게다가 지금도 거의 잊어 가고 있지 않은가? 지금은 어머니의 목소리를 오래간만에 들었기 때문에 잠시나마 자신의 본 모습으로 되돌아온 것이 아닐까.

어머니의 말씀처럼 이 방에서 아무것도 치워져서는 안 된다. 모든 것을 그대로 두어야만 된다. 가구가 자신의 그것 때문에 기어 다니는데 불편을 준다 할지라도, 자기로서는 해가 된다기보다는 차라리 큰 이익이 되는 것이다.

그러나 불행히도 누이동생의 의견은 달랐다. 누이동생은 그레고르에 대해서만은 부모님보다는 훨씬 사정을 잘 알았고, 또 •소식통[35]으로써도 부당하지 않았으며 그의 사정을 잘 아는 처지였다. 애당초 누이동생의 생각은 옷장과 책상만을 치우는 것이었으나, 막상 어머니의 충고를 듣자, 생각이 달라져 반드시 있어야 할 소파를 제외하곤 모든 가구를 치워 버리자고 고집을 부리기 시작했다.

누이동생이 이와 같은 고집을 부리게 된 것은 물론 어린 소녀다운 반항심이나 최근에 겪게 된 불의의 쓰라린 괴로움 때문에 생긴 탓만은 아니었다. 실제로 그녀는 오빠에게 넓은 공간이 필요하며, 그렇기 때문에 방안에 가구들이 없는 편이 낫다는 것을 생각하고 있었다. 그러나 충분히 그 나이 또래의 소녀에게서 흔히 볼 수 있는 맹목적인 고집스러움도 작용했을 것이다. 그러한 정열은 언제나 자신을 충족시킬 수 있는 기회를 찾게 되는데, 그

심리가 지금 그레테를 유혹해서 그레고르의 처지를 더욱 비참하게 만들고 있었다. 지금 그레테는 한층 더 열심히 그를 위해서 봉사하겠다는 열정에 사로잡혀 있을 뿐 아니라, 그 유혹에 빠져 있었던 것이다. 사방의 아무것도 없는 텅 빈 방에 그레고르가 혼자 남게 되면, 그레테 이외에는 누구도 들어오지 않으려 하지 않겠는가.

이런 이유에서 누이동생은 결코 자신의 결심한 바를 되돌리지 않았다. 어머니는 지금 그레고르의 방에 있는 것만으로도 무척이나 겁먹은 듯이 불안해 보였다. 그래서 곧 아무 소리 없이 옷장 옮기는 일을 도왔다. 그런데 이 옷장은 없더라도 별 문제가 안 되었지만, 책상은 달랐다. 두 여자가 힘들게 옷장을 밀고 나가자마자 그레고르는 소파 밑에서 조심스럽게 고개를 내밀고, 어떻게 하면 신중하고도 조심스럽게 그들이 하는 일에 간섭할 수가 있을까 생각했다.

그런데 불행하게도 먼저 돌아온 것은 어머니 쪽이었다. 그레테는 아직도 옆방에서 이리저리 움직이고 있었다. 물론 옷장의 위치는 조금도 달라지지 않았다. 그런데 모친은 그레고르의 모습을 여지껏 자세히 본 적이 없으므로 그를 보게 되면 기절할지도 몰랐다. 그래서 그는 깜짝 놀라 소파의 다른 끝 쪽으로 재빨리 움직였다. 그런데 그 때 이불 앞쪽이 조금 들리는 것은 어쩔 수가 없었다. 그것만으로도 어머니는 반응을 보였다. 어머니는 문득 멈추

---

35 어떤 일의 내막이나 사정을 잘 아는 사람.

어 잠시 그대로 가만히 서 있었으나, 이윽고 옆방의 그레테에게
로 달려가 버렸다.

　뭐 큰일이 일어난 것도 아니고, 단지 가구 두세 개를 옮긴 것뿐
이다. 그레고르가 그런 식으로 몇 차례 자신에게 타일렀음에도
불구하고, 그들이 드나드는 소리와 나직하게 서로 부르는 소리,
방바닥 위에서 가구가 부딪치는 소리들은 사방을 요란스럽게 만
들었다.

실톱 실같이 가는 톱.

　그는 방바닥에서 조금도 몸을 움직이지 않았
지만, 곧 그의 인내력도 한계에 달하지 않을 수
없었다. 지금 두 여인은 방을 완전히 변화시키
고 있다. 그가 좋아하는 물건들을 모조리 없애
려 하고 있다. 실톱*이며 기타 기구들이 들어 있
는 상자는 이미 옮겨 가 버렸다. 그리고 지금은 방바닥에 꼭 부착
시켜 놓은 자신이 필요로 하는 책상에 손을 대고 흔들고 있다. 그
것은 어린 시절부터 그레고르가 계속 공부하면서 사용해 온 소
중한 책상인 것이다. 일이 이렇게 되고 보니, 그녀들이 하고 있는
선의의 일에 간섭하지 않을 수 없게 되었다. 그는 두 사람의 존재
　　좋은 뜻
를 거의 잊어버렸다. 왜냐하면 두 사람은 이미 지쳐 있었기 때문
에 아무 말도 없이 일만 하고 있었으므로, 그에게 들리는 것은 오
직 조심스런 그들의 발자국 소리뿐이었다.

　그레고르는 더 이상 참고보고만 있을 수가 없었다. 그는 소파
밑에서 기어 나왔다. 그녀들은 마침 옆방에서 옮겨 놓은 책상에
기대어 잠시 쉬고 있는 중이었다.

그는 어떤 가구를 남겨 놓아야 할지 결정하지 못하고 기어가는 방향을 네 번이나 바꾸었다. 이제 방은 텅 비어 단지, 예의 모피로 감싼 여인의 초상화만 눈에 띄었다. 그래서 그는 급히 기어 올라가 유리 위에 몸을 바짝 붙였다. 유리는 그의 몸을 시원하게 했다. 이 그림만은 아무도 가져가지 못하게 감추리라고 그는 생각했다. 이쪽으로 다시 오는 여인들의 모습을 살펴보기 위해서 그는 고개를 들어 거실과 통하는 문 쪽을 바라보았다. 두 사람은 잠시 쉬다가 곧 돌아왔다. 그레테는 힘이 빠진 어머니를 껴안다시피 부축하고 있었다.

"자아, 이제는 어떤 것을 치울까요?"

그레테가 말하며 주위를 둘러보았다. 그때 그레테와 벽에 달라붙어 있는 그레고르의 시선이 마주쳤다. 어머니가 있었기 때문에 누이동생은 침착하게 행동하려고 애쓰면서 얼굴을 어머니 쪽으로 돌리며 말했다.

"어머니, 잠시 저기로 돌아가 계시는 게 좋겠어요!"

그녀의 목소리는 벌써 침착함을 잃고 있었다. 그것은 앞뒤 분별도 없이 한 말이었다. 그레테의 *속셈[36]을 그로서는 눈치챌 수 있었다.

'어머니가 나를 볼 수 없게 안전한 곳으로 데리고 간 후에, 제자리로 쫓아 보내려는 것이겠지. 좋아. 쫓을 수 있으면 쫓아 보라지.'

---

36 마음속으로 하는 궁리나 계획.

그레고르는 그림을 둘러싸고 결코 그것을 내주지 않겠다고 결심했다. 그림을 내주느니 차라리 싸울 태세였다.

그러나 그레테가 그런 말을 한 것은 오히려 역효과를 가져왔다. 어머니는 그레테의 말에 처음부터 불안함을 느꼈다. 어머니는 한 걸음 옆으로 물러서며 꽃무늬 벽지 위에 있는 큼직한 갈색 반점을 보고 그것이 그레고르라는 것을 알고 소리를 질렀다.

"앗! 저게 뭐냐? 사람 살려요!"

그리고 어머니는 양팔을 벌리고 마치 모든 것을 포기라도 하듯 소파 위에 쓰러져 꼼짝도 하지 않았다.

"그레고르!"

누이동생은 주먹을 쳐들고 날카로운 시선으로 그레고르를 쏘아보았다. 이것이 그레고르가 변신한 이후 처음으로 누이동생이 직접 그에게 한 말이었다. 누이동생은 어머니의 의식을 회복시킬 만한 약을 찾기 위해 옆방으로 뛰어갔다. 그레고르도 누이동생을 돕고 싶었다. 그러나 몸이 유리에 착 붙어 있었으므로 힘을 들여 몸을 떼야만 했다. 마치 옛날처럼 누이동생에게 어떤 충고라도 해 줄 수 있을 것처럼, 그러나 그는 °속수무책[37]으로 누이동생의 뒤에 그저 우두커니 서있을 수밖에 별다른 도리가 없었다. 여러 가지 잡다한 병을 뒤적이던 누이동생은 뒤를 돌아보더니 다시 한 번 깜짝 놀랐다.

그때 병 하나가 밑으로 굴러 떨어져 박살이 났다. 유리 조각 하나가 그레고르의 얼굴에 튀어 상처를 입히고 이상한 °부식제[38] 같은 약물이 그의 몸에 흘러내렸다. 그런데도 그레테는 잠시도 머뭇거리지 않고 손에 잔뜩 병을 들고는 어머니에게로 달려가면서 발로 문을 차 쾅하고 닫아 버렸다. 이렇게 해서 그레고르는 어머니로부터 완전히 차단되었다.

어머니는 그 때문에 거의 초주검이 되어 있었다. 이 문을 열어서는 안 된다. 어머니 곁에 있어야 될 누이동생을 자신이 들어감으로 해서 쫓아낼 생각은 없다. 그는 이제 차분히 기다리고 있을 수밖에 없었다. 그레고르는 자책과 불안에 쫓겨 기어다니기 시작했다. 벽과 가구와 천장을 이리저리 기어 다녔다. 방 전체가 빙빙 돌기 시작하는가 싶더니, 그레고르는 절망 상태에서 천장으로부터 아래 책상 위의 한복판에 떨어지고 말았다.

얼마간의 시간이 흘렀다. 그레고르는 맥없이 늘어진 채로 누워 있었다. 주위는 조용했다. 이것은 틀림없이 좋은 징조일 것이다. 그때 초인종이 울렸다.아버지가 돌아온 것이다.

"무슨 일이 있었니?"

아버지의 첫마디였다. 그레테의 표정을 보고 모든 것을 짐작했음에 틀림없다.

"어머니가 기절하셨어요. 하지만 지금은 괜찮아지셨어요. 그레고르가 기어 나왔지 뭐예요."

그레테의 목소리가 잘 들리지 않는 것은 분명히 아버지의 가슴에 얼굴을 파묻고 있기 때문일 것이다.

---

37 손을 묶은 것처럼 어찌할 도리가 없어 꼼짝 못함.
38 피부나 점막의 불필요한 조직을 썩게 하거나 파괴하여 제거하는 약.

"내 그럴 줄 알았다, 내가 항상 주의를 주었는데도. 여자들이란 도대체 사람 말을 안 들어 먹는단 말이야. 그러니까 이 모양이지."

아버지는 그레테의 얘기만 듣고, 그레고르가 무슨 난폭한 짓이라도 저지른 것으로 생각하는 모양이었다. 그래서 그레고르는 아버지의 마음을 진정시킬 수 있는 일을 해야만 했다. 그에게 사정을 설명할 시간도 가능성도 없었다.

그는 방문 앞으로 달려가 몸을 문에 바짝 붙였다. 그렇게 하면 현관에서 들어오시는 아버지께서 문만 열어 주시면 곧 자신의 방으로 들어가려고 하는 자신의 뜻을 알아주시리라 생각했다. 그러나 아버지는 그레고르의 그러한 섬세한 마음씨를 헤아릴 수 없었다. 그는 방안으로 들어서자마자,

"그래!"

하고 소리쳤다. 분노와 희열이 뒤섞인 듯한 묘한 목소리였다. 그레고르는 고개를 돌려 아버지 쪽을 쳐다보았다. 그의 눈앞에 있는 아버지는 정말 상상도 못했던 모습을 하고 있었다. 물론 최근에는 기어 다니는 일에 정신이 팔려 집안이 어떻게 돌아가는지 통 모르고 있었다. 그러니 달라진 집안 사정과 부딪칠 각오가 되어 있어야 했을 것이다. 그런데 그것은 그렇다 하더라도 과연 이 사람이 정말 내 아버지란 말인가? 옛날의 아버지는 그레고르가 일찍 출장을 떠날 때면 침대 속에 축 늘어져 자고 있었고, 저녁에 출장에서 돌아오면 잠옷 차림으로 안락의자에 앉아 그를 맞이했었다. 잘 일어서지도 못하고, 반갑다는 표시도 오직 두

팔만을 올려 보이던 분, 일년에 몇 번 있는 축제일 같은 날에도 가족과 함께 산책을 나가면 원래 걸음이 느린 그레고르와 어머니 사이에 끼어, 그는 더욱 느리게 낡은 외투를 걸친 채 항상 조심스럽게 지팡이를 내딛으며 걸었었다. 어떤 말을 하고 싶을 때에는 거의 걸음을 멈추고 같이 온 두 사람을 의지하며 걷던 분, 그런 아버지와 지금 내가 마주하고 있는 사람이 같은 사람이란 말인가?

항상 그랬던 아버지가 지금은 단정한 자세로 똑바로 서 있다. 은행 수위와 같은, 몸에 잘 어울리는 금단추가 달린 감색 제복을 입고, 저고리의 옷깃 부분 위로 나온 턱은 두 겹으로 겹쳐 있다. 새까만 눈썹 밑에는 생기 있고 초롱초롱한 눈이 번쩍였다. 예전에는 다듬지 않던 백발의 머리도 단정하게 빗질을 해서 머리가 착 달라붙어 빛나고 있다.

그는 은행 이름인 것 같은 금실로 머리글자를 수놓은 모자를 돌리 듯 방안의 침대 위로 던졌다. 그리고 제복의 긴 옷자락 끝을 쓰다듬으며 양손을 바지 주머니 속에 푹 넣고, 매우 못마땅한 표정으로 그레고르 쪽으로 걸어왔다. 아버지는 아마도 자신이 지금 무엇을 해야 할지 잘 모르고 있는 것 같았다. 어쨌든 그는 힘차게 걸었다. 그레고르는 아버지의 구두 바닥이 별스럽게 큰 것을 보고 놀랐다. 그러나 그는 어찌해야 할지를 몰랐다. 새로운 생활이 시작된 이래 아버지는 그를 최대한으로 엄하게 다룰 결심인 듯했다.

그러나 그레고르는 당연한 일이라고 생각하고 있었다. 그래서 아버지가 다가오면 도망치듯 물러섰고, 아버지가 멈추면 그도 따라 멈추었다. 아버지가 조금만 몸을 움직여도 그는 이내 재빨리 도망쳤다. 그렇게 빙빙 돌기를 몇 번이나 했다. 아버지의 동작은 해치려는 것처럼 보이지는 않았다. 벽이나 천장으로 도망친다면 아버지는 좋아하지 않으리라 생각했기 때문에 그레고르는 일단 마룻바닥에 가만히 있기로 했다. 아무튼 그레고르는 마룻바닥 위를 기어 다니는 일도 그리 오래 할 수는 없었다. 왜냐하면 아버지가 자리를 옮길 때마다 그레고르도 따라 움직여야 했기 때문이다.

아버지는 옛날에도 폐가 그다지 좋은 편이 아니었다. 그는 가슴이 답답했다. 이렇게 힘을 다해 비틀거리며 옮겨 다니다 보니 피곤해서 눈을 거의 뜰 수가 없었다. 아무리 생각해 봐도 마룻바닥 위를 기어서 도망치는 일 외에는 다른 방법이 떠오르지 않았다. 자유롭게 벽을 기어오를 수도 있었지만 그는 그런 사실마저도 생각해 낼 수 없었다. 게다가 벽면에는 정성을 들여 조각한 가구류 때문에 군데군데 뾰족하게 튀어나온 곳이 많았다.

바로 그때 그의 옆으로 무엇인가가 날아오더니 그의 앞으로 굴러갔다. 그것은 사과였다. 연이어 두 번째 사과가 날아왔다. 그레고르는 놀란 나머지 그 자리에 멈춰 섰다. 더 이상 기어서 도망가 봤자 이제는 헛일이었다. 아버지는 폭격을 가할 결의를 굳히고 있었기 때문이다. 찬장 위에서 사과를 꺼내 주머니에다 가득 넣고는 마치 전기 장치로 조종되는 기계처럼 마룻바닥 위로 굴리는 것이었다.

슬쩍 던진 사과 한 개가 그의 등을 스쳤으나 별로 반응이 없었다. 그런데 이어서 날아오던 사과 한 개가 등 위에 정통으로 박혔다. 갑작스럽게 닥친 아픔을 잠시라도 잊어버리기라도 하려는 듯이 그레고르는 다시 기어 도망치려고 했다. 그러나 이내 심한 통증을 느끼고 그 자리에 힘없이 쓰러졌다.

마지막에 힘없이 감기는 눈으로 그는 자신의 방문이 열리는 것을 겨우 볼 수가 있었다. 누이동생의 뒤에서 어머니가 무슨 말인지 외치며 달려나왔다. 겉옷이 풀려 속옷이 드러난 상태였다. 조금 전에 기절했을 때, 응급조치로 누이동생이 옷의 단추를 풀어 놓았던 것이다. 어머니는 그 차림새로 아버지께 달려갔다. 어머니는 아버지를 붙잡고 그레고르의 목숨을 살려 달라고 애원하며 흐느꼈다.

한 달 이상이나 그레고르를 괴롭힌 이 *처참[39]한 상처에서 누구도 감히 그 사과를 뽑아내는 사람이 없었다. 그 사과는 이 사건을 나타내는 기념품으로써 살 속에 박힌 채로 있었다. 지금의 그레고르의 모습이 아무리 참담하고 징그럽다 하더라도, 그가 가족의 일원이며, 가족의 일원인 그를 원수처럼 취급해서는 안 된다

---

39 몸서리칠 정도로 슬프고 끔찍함.

는 것을 아버지로 하여금 뉘우치게 하였다. 아버지는 혐오스런 감정을 가슴속에 접어 두고 오직 꾹 참는 것만이 가족의 의무라고까지 생각하게 되었다.

그 후 그레고르는 그 상처로 인해 몸을 자유롭게 움직이는 일이 영원히 불가능해진 것 같았다. 지금으로써는 방을 건너가는 것만도 마치 병든 노인처럼 매우 오랜 시간이 걸렸다. 더구나 벽을 기어 올라간다는 것은 꿈도 못 꿀 일이었다. 그런데 다른 일이 그를 기쁘게 했다. 그것은 거실과 그레고르의 방을 가로막고 있던 문이 열리게 된 것이다. 그레고르는 이제 문이 열리기 한두 시간 전부터 뚫어지게 문을 바라보는 것이 하루의 습관처럼 되었다. 어두운 방안에 갇혀 있는 그의 모습은 거실에 있는 사람들의 눈에는 띄지 않았고, 그대로 그레고르에게는 가스등이 환히 켜진 테이블 주위에 모여 있는 가족들의 모습을 볼 수 있었다. 이제 그들의 대화를 옛날보다 훨씬 자유롭게 들을 수가 있게 된 것이다.

출장 중, 어느 싸구려 호텔에서 칙칙한 침대 속에 지친 몸을 던져야 했던 시절, 그레고르는 항상 부러운 눈으로 자기 집 거실에 모여 앉아 떠들썩하게 이야기하고 있는 식구들의 모습을 그리워했는데, 지금 눈앞에 그들은 옛날의 그 생기 있는 모습은 아니었다. 지금은 그냥 잔잔히 시간을 보낼 뿐이었다. 아버지는 저녁 식사 후 평소와 같이 안락의자에 앉은 채로 잠이 들었고, 어머니는 등불 아래 몸을 내밀고 얼마 전 가게에서 받아 온 고급 속옷을 바느질하고 있었으며, 점원이 된 누이동생은 좀 더 나은 일자리를 구하기 위하여 저녁엔 °속기술⁴⁰과 프랑스어를 공부하고 있었다.

이따금 아버지가 눈을 떴는데, 잠꼬대인지 어머니를 향하여

"오늘도 너무 늦게까지 일을 하는군!"

하고 말하고는 곧 다시 잠들어 버렸다. 그러면 어머니와 누이동생은 서로 힘없이 미소를 주고받는 것이었다. 아버지는 집에 돌아와서도 좀처럼 수위 제복을 벗지 않았다. 실내복은 필요가 없었다. 그는 아직도 자기 직장에서 상관의 명령을 기다리고 있는 것처럼 제복을 단정하게 입은채로 잠이 들었다. 어머니와 누이동생은 아버지가 소중히 여기는 제복을 더럽히지 않으려고 신경을 썼지만, 그러나 처음 지급받았을 때부터 새 옷이 아니었다.

10시가 되면 항상 어머니는 작은 목소리로 아버지를 흔들었다. 그리고 침대로 가서 편히 자도록 하기 위해 무진 애를 썼다. 사실 그런 상태로 잠을 자게 되면 편하지 못할 뿐만 아니라, 아버지는 아침 일찍 출근을 해야 하기 하기 때문에 충분한 수면이 필요했다.

그러나 수위가 된 이후 고집만 세진 아버지는 오래 거실에 있기를 원했고 그러다가 이내 다시 잠이 들어 버렸다. 그런 아버지를 안락의자에서 침대로 잠자리를 옮기도록 하는 일은 무척 힘든 일이었다. 어머니와 누이동생이 잠을 깨우려고 흔들면 부친은 15분 정도는 눈을 감은채로 고개만 가로 저을 뿐 자리에서 움직이려 하지 않았다.

어머니는 아버지의 옷깃을 잡아당기면서 그의 귓전에 대고 뭐라고 속삭였고, 누이동생은 하던 공부를 중단하고 합세했다. 그

---

40 빨리 적는 기술.

래도 아버지는 전혀 움직이지 않았고, 점점 깊히 안락의자 속으로 파묻히는 것이었다. 어머니가 아버지의 겨드랑이 밑으로 손을 넣으면, 그제야 그는 겨우 눈을 뜨고 어머니와 누이동생을 번갈아 보면서 입버릇처럼 늘 하던 말을 중얼거렸다.

"이것이 인생이다. 이것이 나의 노후의 휴식처다."

그리고는 두 여인의 부축을 받으며 무겁게 몸을 일으켰다. 그 것은 마치 자신의 몸이 자신에게도 무거운 짐으로 느껴진다는 모습이었다.

아버지는 그녀들을 따라 문 앞까지 갔다. 그러나 어머니는 재빨리 바느질 도구를 챙기고 누이동생은 펜을 정리해서 아버지의 뒤를 쫓아서 잠자리를 돌봐 주는 것이었다.

모두 일에 지쳐 피곤해서 아무도 그레고르를 보살펴 줄 여유가 없었다. 집안 살림은 점점 궁핍해져 갔다. 하녀도 없는 집에, 그 대신 나이 먹고 백발 흩날리는 몸집이 큰 여인이 아침저녁으로 드나들며 가장 힘든 일만을 해 주고 갈 뿐이었다. 그 외의 모든 일은 어머니가 바느질을 하면서 해 냈다. 심지어는 이전에 어머니와 누이동생이 친목회나 축하 모임이 있을 때면 화려하게 몸을 치장하던 여러 가지 잡다한 장식품 같은 것들도 팔게 되었다.

이 사실은 저녁에 가족들이 모두 모여 그것을 얼마나 받고 팔면 될까 하고 서로 의논하는 것을 엿듣고서야 알게 된 일이다. 그러나 가장 큰 문제는 언제나 집 문제였다. 현재의 형편으로 이 집은 너무 컸다. 그러나 이사를 할 엄두가 나지 않았다. 그레고르를 어떻게 옮겨야 할지 모르기 때문이었다.

　그러나 그레고르는 이사를 방해하고 있는 것이 단지 그레고르에 대한 고려 때문만은 아니라는 사실을 잘 알고 있었다. 적당한 상자에다 숨만 쉴 수 있게 해 놓으면 그레고르쯤은 문제없이 운반할 수 있을 것이다. 이사를 방해하고 있는 진짜 이유는 완전한 절망감과 여러 친척들의 *눈총[41] 때문이었다. 세상이 가난한 사람들에게 보내는 갖가지 어려움에 대해서는 온 집안 식구들이 이미 *포용[42]하고 있었다.

　아버지는 은행의 말단 직원들을 위해 아침 식사를 날라다 주는 일까지도 주저하지 않았다. 어머니는 어머니대로 남의 빨랫감을 얻어 하느라 자신을 희생했고, 누이동생은 손님의 기호에 따라 판매대 뒤에서 바쁘게 뛰었다. 그러나 이미 가족들은 지쳐 있었다.

　아버지의 잠자리를 돌봐 주고 어머니와 누이동생은 다시 거실로 돌아왔다. 그리고 일감은 쳐다보지도 않고, 볼과 볼이 맞닿을 정도로 바짝 다가앉아 얘기를 나누었다. 어머니가 그레고르의 방을 가리키며,

　"그레테야, 이제 저 문을 닫아라."

　하고 말했다. 그레고르는 또 다시 어둠 속에 혼자 남게 되었다. 거실에선 두 여인이 소리 없이 눈물을 훔치며 테이블만 뚫어지게 응시하고 앉아 있었다. 그럴 때면 그레고르의 등의 상처는 방금

---

41 눈에 독기를 띠며 쏘아보는 시선.
42 너그럽게 감싸 주거나 받아들임.

입은 상처인 양 다시 아파 오기 시작했다.

그레고르는 밤낮을 거의 뜬눈으로 지샜다. 그는 종종 이번에 방문이 열리면 옛날처럼 집안 살림을 자신이 도맡아 하리라고 생각해 보았다. 그의 뇌리에는 오랫동안 보지 못한 회사 사장이나 지배인, 사원과 견습 사원들, 또는 몹시 머리가 둔한 급사, 다른 장사를 하고 있는 두세 명의 친구들이 가끔 떠올랐고, 어느 시골 호텔의 하녀며 즐거운 추억들, 진지했으나 구혼이 너무 늦었던 어느 모자 가게의 회계원인 처녀의 모습도 나타났다. 그리고 그러한 모습들은 낯선 사람이나 이미 잊어버린 사람들 사이에 뒤죽박죽이 되어 나타났다. 그러나 그들을 만나 볼 수가 없었다. 그래서 그는 그들의 모습이 다시 사라지자 오히려 머리가 맑아졌다. 그런가 하면 가족에 대한 걱정 같은 것은 전혀 하고 싶지 않을 때도 있었다. 그럴 때에는 자신에 대한 학대에 단지 화가 치밀 뿐이었다.

무엇을 먹으면 식욕이 생길는지 자신도 전혀 알 수 없었고, 또 배가 고픈 것도 아니었지만, 그래도 주방으로 기어가서 자기 입맛에 맞는 몇 가지를 가져올 계획을 세워 보기도 하였다.

누이동생도 요즘은 그레고르가 무엇을 원하는지 생각해 보지도 않고, 아침이나 점심에 가게에 나가기 전에 아무 음식물이나 바삐 챙겨서 발끝으로 그의 방에 밀어 넣었다. 그리고 저녁때는 그가 음식에 손을 댔건 안 댔건, 이런 일이 자주 반복되는데, 아무 반응도 나타내지 않고 비질을 해 버리는 것이었다. 누이동생이 늘 하던 방 청소도 지금에 와서는 하는 둥 마는둥 했다. 사방 벽을 따라 더러운 자국이 줄줄이 남아 있었으며, 기저귀에 갖가지 먼지와 오물 덩어리가 흩어져 있었다.

그는 처음에는 누이동생이 방에 들어올 때, 일부러 더러운 구석에 가 있음으로써 어느 정도 눈치를 주려 했다. 그러나 아무리 오랫동안 그 곳에 웅크리고 있어도 누이동생은 변함이 없었다. 누이동생은 그레고르와 마찬가지로 틀림없이 오물을 발견했을 텐데도, 마치 오물을 방치해 두려고 결심한 사람처럼 보였다.

오히려 누가 그레고르의 방 청소에 대한 자신의 특권을 침해하기라도 할까 봐, 신경을 곤두세웠다. 언젠가 어머니가 서너 통의 물로 그레고르의 방을 대청소한 일이 있었다. 그 때 방이 온통 물바다가 되어 기분이 몹시 상한 그레고르는 화가 나서 소파 위에서 꼼짝하지 않고 있었다.

결국 모친은 그 벌을 받았다. 왜냐하면 저녁에 돌아온 누이동생이 그레고르의 방 상태가 변한 것을 확인하고는 몹시 화를 내며 어머니에게 달려가 눈을 흘기며 돌아서서 울음을 터뜨렸던 것이다.

이 울음 소리에 놀란 아버지가 안락의자에서 벌떡 일어났다. 그녀의 태도에 부모님은 놀라고 질려서 아무 말도 할 수 없었다. 그러나 뒤늦게 전후 사정을 눈치 챈 아버지는 어머니를 향해서 왜 당신은 그레고르의 방 청소를 딸아이에게 맡겨 두지 않았느냐고 어머니를 책망했고, 딸에게는 앞으로 다시는 어머니가 청소 같은 것을 하지 못하도록 다짐을 받겠다고 했다.

어머니는 당황하여, 분해서 정신을 못 차리고 있는 아버지를 진정시키려 했다. 한쪽에서는 그레테가 °경련⁴³을 일으키며 몹시 흐느껴 울며 테이블을 두드렸다. 방문이 닫혀 있었더라면 이런 장면을 보지 않아도 되고 이런 소란을 듣지 않아도 될 것을 누구도 문에 신경을 쓰지 않았다. 그레고르는 너무 흥분한 나머지 큰 소리로 쉿하는 소리를 냈다. 그러나 아무리 누이동생이 낮 근무에 시달려 그레고르를 돌보는 일에 싫증을 낸다 할지라도, 어머니가 딸 대신에 애를 쓸 필요는 조금도 없었다. 왜냐하면 고용된 늙은 할멈이 있었기 때문이다. 오랜 동안 온갖 쓰라린 일을 겪어 온 이 할멈은 그레고르를 처음부터 조금도 두려워하지 않았다. 그녀는 어느 땐가 우연히 그레고르의 방문을 열어 본 일이 있었다. 그것은 단순한 호기심 때문이 아니었다. 몹시 놀란 그레고르는 누구에게 쫓기는 것도 아니면서 슬슬 피해 다니기 시작했다. 그러자 그 할멈은 양손을 아랫배 위에 대고 깍지 낀 채 그레고르의 모습을 바라보고 있었다.

그 후론 시간만 나면 아침저녁으로 슬그머니 문을 열고 몰래 그레고르를 들여다보는 일을 계속했다. 처음에 할멈은,

"말똥벌레야, 이쪽으로 오너라."

라든가

"어머! 이 늙은 말똥벌레 좀 봐."

라는, 그녀로서는 다분히 정다운 말을 건네듯 그레고르를 자기 쪽으로 오도록 °유인⁴⁴했다. 그러나 그레고른는 그런 소리는 무시해 버렸다. 문이 열린 것을 모른 체하며 자신이 있는 자리에서 전혀 움직이지 않았다. 늘 할멈이 심심할 때마다 한 번씩 무의미한

장난에 시달리느니 차라리 매일 할멈에게 방 청소를 시키는 것이 나을 뻔했다.

어느 날 아침 할멈이 또다시 그레고르의 방문을 열고 들여다보기 시작했으므로, 그레고르는 몹시 화를 내며, 힘은 없었지만 달려들 듯한 자세를 하고 그 할멈 쪽으로 천천히 몸을 돌렸다. 그러나 할멈은 놀라기는커녕 문 옆에 있던 의자 하나를 꼿꼿이 쳐들었다. 입을 크게 벌리고 선 그 모습은 손에 든 의자로 당장이라도 그레고르의 등을 내리칠 것처럼 보였다.

"뭐야, 겨우 그것뿐이냐!"

그녀는 그레고르가 다시 제자리로 돌아가는 것을 보며 그렇게 말하고는 자기도 의자를 조용히 구석에다 다시 내려놓았다.

최근에 와서 그레고르는 거의 아무것도 먹지 않았다. 이따금 넣어 준 음식물 옆을 스칠 때에만 장난삼아 한 입 먹어 보거나, 삼키지 않고 몇 시간 동안을 입에 머금고 있다가 대개는 나중에 뱉어 버렸다. 처음에 그는 이처럼 아무것도 먹을 수 없는 이유가 이 방의 상태가 너무 비참하기 때문이라고 생각했으나, 실제로는 몇 번이나 변한 이 방의 상태에 곧 익숙해져 있었다.

또한 식구들에게는 이상한 습관이 생겼다. 그것은 달리 둘 곳이 마땅치 않은 갖가지 물건을 이 방에다 넣어 두는 것이었다. 그러한 물건들은 꽤 많았다. 왜냐하면 집 안의 방 하나를 하숙했기

---

43 근육이 별다른 이유없이 갑자기 수축하거나 떨게 되는 현상.
44 주의나 흥미를 일으켜 꾀어냄.

때문이다. 그 *성미⁴⁵가 까다로운 하숙인은 ─ 어느 땐가 그레고르가 문틈으로 확인한 바로는 세 사람이 모두 얼굴에 수염을 기르고 있었다. ─ 지나칠 정도로 질서와 청결을 중요시하는 사람들이었다.

그것도 자기가 쓰는 방뿐만 아니라, 하숙생이라 할지라도 어찌 되었든 이 집안사람이 된 이상에는 이 집 전체, 특히 부엌이 청결해야 된다고 이것저것 참견했다. 필요 없는 물건이나 아주 더러워진 잡동사니들에 대해서는 한 치의 양보도 없었다. 더구나 재를 치우는 상자며, 부엌에서 쓰던 쓰레기통까지도 그레고르의 방으로 옮겨졌다.

할멈은 당장 필요치 않은 물건들은 눈에 띠기 무섭게 모조리 그레고르의 방으로 몰아넣었다. 다행히도 그레고르의 눈에는 날라 오는 물건과 그 물건을 들고 있는 손 이외에는 아무것도 보이지 않았다. 틀림없이 할멈은 언제나 기회를 보아서 그런 물건들을 다시 찾으러 오거나, 혹은 전부 모아 두었다가 한꺼번에 내다 버릴 속셈이었겠지만, 사실은 모두 그대로 처음 던져두었던 그 자리에서 뒹굴고 있었다.

그레고르는 그 잡동사니들 때문에 돌아다닐 수가 없었다. 자유스럽게 기어 다닐 통로가 없었기 때문에, 그는 할 수 없이 그것들을 치워 버렸다. 그러나 그런 일을 하고 난 후에는 초주검이 되어 공연히 우울해져 몇 시간 동안은 움직이지 않았다. 그러나 잡동사니를 옮기는 일에 점점 재미를 느끼게 되었다.

하숙을 하는 신사들은 가끔 한자리에 모여 저녁 식사를 하는 일도 있었다. 그럴 때는 항상 문을 닫았다. 그러나 그레고르는 이 것에 그다지 신경 쓰지 않았다. 그는 문이 열려 있는 밤에도 그것 을 이용하지 않았으며, 집안사람들의 눈에 띌까 봐 자기 방 제일 어두운 구석에 엎드려 지냈던 것이다.

그러던 어느 날인가, 할멈이 거실의 문을 약간 열어 놓은 채로 내버려둔 일이 있었다. 저녁이 되어 하숙인들이 거실로 들어와 서 불을 켰을 때에도 문은 그대로 열린 채로 있었다. 세 사람은 테 이블 윗자리에 앉게 되었다. 예전에 부모님과 그레고르가 앉았던 자리였다.

세 사람은 냅킨을 펼치고 나이프와 포크를 손에 들었다. 그러 자 어머니가 고기를 담은 큰 접시를 들고 문 앞에 모습을 나타냈 다. 곧 이어서 누이동생이 감자를 담은 그릇을 들고 나타났다. 음 식에선 김이 무럭무럭 오르고 진한 냄새를 풍기고 있었다. 하숙 생들은 음식을 먹기 위해 대접 위로 몸을 구부렸다. 실제로 세 사 람 중에서 우두머리 격으로 보이는 중앙에 앉은 사내가 큰 접시 에 담긴 고기를 할 조각 썰어냈다. 충분히 연한지 어떤지, 그러니 까 주방으로 다시 보내지 않아도 좋은지 어떤지를 알기 위한 것 이 분명했다.

그는 만족해했다. 그때서야 긴장된 표정으로 그들의 모습을 지 켜보고 있던 어머니와 누이동생이 안도의 숨을 내쉬면서 서로를 쳐다보며 미소를 지었다.

---

45 성질, 마음씨, 비위, 버릇 따위를 통틀어 이르는 말.

집안 식구들은 부엌에서 식사를 했다. 그래도 아버지만은 부엌으로 가기 전에 거실에 들러 모자를 손에 들고 머리를 한 번 꾸벅 숙여 보이고는 테이블 주위를 한 바퀴 돌았다. 하숙인 세 사람 모두 일어서서 무슨 말인지 중얼거렸다. 그러나 자기들만 남게 되자 거의 아무 말 없이 식사를 계속했다.

그레고르는 이상한 소리를 들었는데, 그것은 식사 중에 아삭아삭 음식을 씹는 이빨 소리였다. 그 소리는 마치 그레고르에게, 음식을 먹는 데는 이빨이라는 것이 필요하며 아무리 훌륭한 입도 이빨이 없으면 아무것도 아니라는 사실을 일깨워 주기 위해서 들려 오는 것 같았다.

그레고르는 슬픈 듯 중얼거렸다.

"나도 무엇인가 먹고 싶다. 그러나 저런 음식은 싫어. 저들 식으로 먹어 치우다가는 죽어 버리고 말겠어."

바로 그날 저녁의 일이었다. 주방 쪽에서 바이올린 소리가 들려 왔다. 그레고르는 변신을 한 이후로 바이올린 소리를 한 번도 들은 기억이 없었다. 하숙을 하는 세 신사는 이미 식사를 마치고, 중앙에 있는 사람이 신문을 꺼내어 다른 두 사람에게 한 장씩 넘겨주고 있었다. 그들은 각자 의자에 기대어 조용히 신문을 읽으면서 담배를 피웠다. 그 때 바이올린 소리가 들리자, 세 사람은 놀란 표정을 하고 의자에서 일어나 살금살금 현관 쪽으로 기어가서는 부엌 문 앞에 모여 섰다. 부엌에서 그 발소리를 들었는지 아버지가 입을 열었다.

"시끄럽지 않으십니까? 그렇다면 당장 그만두게 하겠습니다."

"천만에요."

하고 우두머리 격인 사내가 대답했다.

"괜찮으시다면 따님께선 거실로 나오셔서 연주하시면 어떻겠습니까? 그 편이 훨씬 돋보이고 유쾌할 테니까요."

"그렇게 합시다."

하고 아버지는 마치 자신이 바이올린을 연주한 장본인처럼 말했다. 하숙인들은 거실로 돌아와서 그들을 기다렸다. 이윽고 아버지는 보면대 를 들고 어머니는 악보를, 누이동생은 바이올린을 들고 세 사람이 함께 거실에 나타났다. 누이동생은 침착한 태도로 연주 준비를 끝마쳤다.

보면대 음악을 연주할 때 악보를 펼쳐서 놓고 보는 대.

이제까지 하숙을 친 일이 없었기 때문에 부모님은 지나칠 정도로 하숙인들에게 예의를 갖추었다. 따라서 자신들은 의자에 앉으려고 하지도 않았다. 아버지는 문에 몸을 기대고 서서 제복의 단추들 사이에 오른손을 찔러 넣고 있었다. 그러나 어머니는 하숙인 한 사람이 의자를 권해 자리에 앉았다. 그 사람이 의자를 놓아준 곳은 방안의 한구석이었지만 어머니는 그대로 앉아 있었다.

누이동생은 이윽고 바이올린을 연주하기 시작했다. 아버지와 어머니는 각자의 자리에서 딸의 손놀림을 주의 깊게 지켜보고 있었다. 그레고르는 연주 소리에 끌려 자기도 모르는 사이에 이미 고개를 거실 안으로 내밀고 있었다. 그는 요사이 다른 사람들에게는 거의 무관심한 상태로 지냈다.

그리고 그런 사실을 의아하게 생각하지도 않았다. 그전까지는 다른 사람의 일에 관심을 쏟았었고, 또 그것을 자랑스럽게까지 여겼었다. 그런데 지금이야말로 남의 눈을 의식해야만 될 충분한 이유를 갖고 있지 않은가?

지금 그의 방안은 사방이 먼지투성이였기 때문에 조금만 움직여도 풀썩풀썩 먼지가 일었다. 그래서 그의 몸은 온통 먼지를 흠뻑 뒤집어쓰고 있는 상태였다. 그는 실밥이며 머리칼 음식 찌꺼기 같은 것들을 등과 옆구리에 잔뜩 붙인 채로 기어 다니고 있었다.

예전 같으면 몇 차례씩 등을 아래로 하고 누워서 바닥의 카펫에다 몸을 비벼 대던 일도 모든 것에 대해 무관심해진 이후 도무지 그럴 의욕마저도 상실하고 있었다. 그런 상태로 휴지 하나 떨어져 있지 않은 거실로 기어 나오면서도 그레고르는 아무런 거리낌이 없었다.

물론 그에게 관심을 갖는 사람은 하나도 없었다. 가족들은 바이올린 연주에 완전히 정신을 빼앗기고 있었다. 하숙인들은 손을 바지 주머니 속에 찔러 넣고서 보면대 바로 뒤에 자리를 잡고 서 있었다.

그들은 곧 고개를 숙이고 나지막한 소리로 속삭이더니 창가로 물러갔다. 아버지는 불안한 시선으로 그들을 바라보며 그 자리에 서 있었다. 그들은 훌륭하고 감미로운 바이올린 연주를 들을 수 있으리라고 기대하였다. 그가 그만 싫증난 모양이었다. 단지 실례가 될까 마지못해 듣고 있는 것이 분명했다. 특히 그들이 담배

연기를 코와 입으로 내뿜는 모습은 몹시 초조해 하고 있다는 것을 알 수 있었다.

누이동생은 여전히 아름다운 연주에 몰두하고 있었다. 고개는 한쪽으로 기우뚱하고, 눈은 마치 무엇을 음미하듯 슬픈 표정으로 악보를 훑어 내리고 있었다. 그레고르는 조금 더 앞으로 기어갔다. 가능하다면 누이동생의 시선과 마주치기 위해 머리를 마룻바닥에 딱 붙어 버릴 정도로 낮게 수그렸다. 이토록 음악에 감동을 느끼는데도 내가 아직 벌레란 말인가? 그레고르는 자신이 *동경46하는 마음의 양식을 얻는 길이 열리는 듯한 기분이었다. 그는 누이동생 곁에 가서 치맛자락을 끌어당겨 누이동생에게 자기 방으로 와서 바이올린을 연주해 주기를 바란다고 알릴 생각이었다. 실제로 이들 중에는 누이동생의 연주를 그레고르만큼 칭찬해 줄 사람은 아무도 없는 것 같았다.

그렇다. 실제 그렇게만 된다면 최소한 그가 살아 있는 동안에는 누이동생을 그의 방 밖으로 다시는 내보내지 않으리라. 흉측한 그의 *몰골47은 그 때 비로소 그에게 도움이 될 것이다. 모든 출입구를 지켜 서서 침입자에게는 으르렁거리면서 덤벼들 것이다. 그러나 누이동생을 강제로 방에 붙잡아 두어서는 안 된다. 누이동생 스스로의 뜻이 아니면 안 된다.

누이동생과 나란히 소파 위에 앉아 그녀의 머리를 내 쪽으로

---

46 어떤 것을 간절히 그리워하여 그것만을 생각함.
47 볼품없는 모양새.

기울이게 할 것이다. 그리고 그녀를 음악 학교에 보낼 굳은 결심을 하고 있었노라고 누이동생에게 말해 주자. 만일 이 일이 내가 벌레로 변하는 불행한 일만 생기지 않았더라면 크리스마스 때 어떤 반대를 무릅쓰고서라도 온 가족 앞에서 이 계획을 발표할 할 작정이었다고 말할 것이다.

이런 이야기를 하고 나면 분명히 누이동생은 감격한 나머지 눈물을 흘릴 것이다. 그러면 누이동생의 어깨까지 기어 올라가서 그녀의 목에 입을 맞추어 주리라. 누이동생은 직장에 나가고부터는 리본도 옷깃도 달지 않고 목을 드러내 놓고 다녔다.

"잠자 씨!"

돌연 우두머리 격인 사내가 아버지를 향하여 소리치더니 더 이상 아무 말도 하지 못하고 천천히 앞으로 기어 나오고 있는 그레고르를 손가락으로 가리켰다. 그때 바이올린 소리가 멈췄다. 그 사내는 고개를 가로저으며 다른 친구들에게 살짝 미소를 던지더니 다시 그레고르를 쳐다보았다.

아버지는 그레고르를 쫓아 버리는 것보다는 하숙인들의 마음을 진정시키는 것이 더 시급하다고 생각하는 것 같았다. 그러나 하숙인들은 흥분하기는커녕 오히려 바이올린 연주보다도 그레고르에게 더 흥미를 느끼는 듯하였다. 아버지는 급히 그들 쪽으로 다가가서 양팔을 크게 벌리고, 그들을의 방으로 돌려보내려고 애를 쓰는 동시에 몸으로는 그레고르가 보이지 않도록 가로막았다.

그러자 그들은 약간 화를 내는 눈치였다. 아버지의 태도에 화를 내는 건지 아니면 그레고르 같은 존재가 바로 옆방에 있으리라고는 생각지도 못했었는데, 그제야 알게 되어 화가 난 것인지는 알 수가 없었다. 하숙인들은 아버지에게 해명을 요구하고 자신들도 팔을 쳐들어 조급하게 수염을 꼬면서 천천히 자기들의 방으로 물러갔다. 그 사이 누이동생은 연주를 중단하고 잠시 동안 넋이 나간 표정으로 서 있었다. 이윽고 정신을 차리고 축 늘어 뜨렸던 양손에 바이올린과 활을 들고 계속 연주를 하려는 듯이 악보를 들여다보다가는 갑자기 몸을 일으켰다.

그리고 악보를 들여다보다가 갑자기 몸을 일으켰다. 그리고 숨이 막히는 듯이 가슴을 들먹거리더니, 그대로 앉아 있던 어머니의 무릎 위에 악기를 내려놓고는 앞질러 하숙인들의 방으로 달려갔다. 하숙인들은 아버지에게 쫓겨서 급히 자기들의 방으로 들어가고 있었다. 누이동생은 익숙한 솜씨로 침대에 있던 베개와 이불을 펼치더니 순식간에 잠자리를 깨끗이 정리했다.

그녀는 하숙인들이 방안으로 들어오기 전에 이미 침대 정돈을 끝내고 그 방을 빠져 나왔다. 아버지는 또다시 자기 고집에 사로잡힌 것처럼 평소 하숙인들에게 베풀었던 친절조차 완전히 잊어버린 듯 오로지 세 사람을 밀어붙이기에만 여념이 없었다. 마침내 방문에 다다랐을 때 우두머리 격인 남자가 쾅 하고 발을 굴렀기 때문에 아버지는 그만 멈추어 섰다.

"지금 이 자리에서 선언해 두지만."

그는 한쪽 손을 쳐들고 어머니와 누이동생의 모습을 힐끗 보며 이렇게 말했다.

"나는 이 집과 당신 가족들 사이에 존재하는 이 불쾌한 상태를 고려하여."

— 그는 순간적으로 결심을 한 듯 단호하게 마루에 침을 뱉었다. —

"방을 해약하겠소. 물론 지금까지의 하숙비는 한 푼도 지불할 수 없소. 그 대신 나는 앞으로 극히 타당한 이유의 손해 배상 청구를 당신들에게 제기할 것이오. 거짓말이 아니오."

그는 입을 다물고 마치 무엇인가를 기대하고 있는 것처럼 앞쪽을 똑바로 쳐다보았다. 과연 그의 두 친구들이 곧 입을 열었다.

"우리 또한 이 자리에서 방을 해약하겠소."

그런 다음 *우두머리[48] 격인 사내가 문손잡이를 쥐고는 냉정하게 문을 닫았다.

아버지는 손을 더듬고 몸은 비틀거리며 자기 의자로 돌아와서 털썩 주저앉았다. 언뜻 보기에는 평소처럼 저녁잠을 자는 것 같았지만 불안정하게 머리를 끄덕이는 것으로 보아 결코 자는 것이 아님을 알 수 있었다.

그동안 그레고르는 하숙인들이 처음 자기를 발견한 바로 그 자리에 조용히 웅크리고 있었다. 그는 그의 계획이 성공하지 못한 사실에 대한 실망과 오랫동안의 굶주림에서 오는 *허탈[49]로 인해 도저히 몸을 움직일 수가 없었다. 그는 당장에라도 그의 몸에 닥쳐올 무자비하고 몰인정한 상황에 대해 확실한 두려움을 느끼면서도 그 순간을 기다리고 있었다. 그때 어머니의 손이 떨리더니 무릎에서 바이올린 미끄러져 아래로 떨어지면서 큰 소리를 냈지만 그레고르를 놀라게 하지는 못했다.

"어머니……, 아버지!"

누이동생은 이렇게 말의 서두를 끄집어내며 손으로 테이블을 두드렸다.

"더 이상 이런 식으로 살아갈 순 없어요. 두 분께서는 깨닫지 못하고 계실지 모르지만 저는 잘 알아요. 저는 이 흉측한 괴물을 오빠라는 이름으로 입에 담고 싶지도 않아요. 그러니까 제가 말씀드리고 싶은 것은, 우리는 저것을 없애 버릴 계획을 세우지 않으면 안 된다는 거예요. 우리가 인간으로서 저것을 먹여 살리고, 참고 견디는 데는 할 만큼 다했잖아요. 그 누구도 우리를 비난하지는 못할 거예요."

"그래 네 말이 옳다."

하고 아버지는 혼잣말처럼 했다. 아직도 완전히 숨이 가라앉지 않은 어머니는 마치 넋이 나간 듯한 눈길로 아직도 숨이 가쁜지 입에 손을 대고 심하게 기침을 하기 시작했다.

누이동생은 어머니에게로 급히 달려가서 이마를 짚어 주었다. 아버지는 딸의 이야기를 듣고 무엇인가 결심이라도 한 듯 똑바로 의자에 앉아서 하숙인들이 식사를 한 후 아직 식탁 위에 놓여 있는 접시들 사이에서 자신의 모자를 만지작거렸다. 그리고 이따금 꼼짝도 하지 않고 누워 있는 그레고르를 쳐다보았다.

---

48 어떤 일이나 단체에서 으뜸인 사람.
49 몸에 기운이 빠지고 정신이 멍함.

"우리는 저것을 없애 버려야만 해요."

누이동생은 아버지에게 단호한 어조로 말했다. 어머니는 기침 때문에 아무 말도 알아듣지 못하였다.

"저것은 아버지와 어머니를 돌아가시게 할 거예요. 어쩐지 자꾸 그런 생각이 들어요. 모두 이렇게 고생하면서 일을 해야 하는 우리들 처지에 도대체 어떻게 저런 끝없는 *골칫거리⁵⁰를 집 안에 두고 참을 수가 있겠어요? 저는 이제 더 이상 참을 수가 없어요."

이렇게 말하고 누이동생은 울음을 터뜨렸다. 그러자 어머니의 얼굴에서도 눈물이 흘렀다. 그것을 본 누이동생은 거의 기계적으로 손을 움직여 어머니의 얼굴에서 그 눈물을 닦아 주었다.

"얘야."

아버지는 정답고도 동정하는 듯한 표정을 지으면서 말했다.

"그러면 우리들이 어떻게 하면 좋겠다는 말이냐?"

누이동생은 무슨 구체적으로 계획이 있는 것은 아니라는 듯이 그저 어깨를 들썩일 뿐이었다. 울고 있던 사이에 그처럼 단호했던 마음도 누그러져, 도리어 어떻게 해야 좋을지 망설이는 태도였다.

"저 녀석이 우리들의 마음을 조금이라도 알아주기만 한다면……."

아버지가 반쯤 묻는 듯한 투로 말했다. 누이동생은 울면서 그런 일은 생각지도 말라는 듯이 격렬하게 한쪽 손을 내저었다.

"저 녀석이 우리들의 마음을 조금이라도 알아준다면……."

아버지는 같은 말을 되풀이하고는 그런 일은 있을 수도 없다는 누이동생의 확신을 스스로에게 긍정이라도 하는 듯이 두 눈을 감아 버렸다.

"그렇게만 된다면 저 녀석과 타협하는 것도 무리가 아닐 텐데. 그런데 이 꼴이라니."

"내쫓아 버리는 거예요."

누이동생이 말했다.

"그 방법밖에는 없어요. 저것이 그레고르 오빠라는 생각은 버리셔야 해요. 우리가 지금까지 그렇게 믿어 온 것이 사실은 우리들 자신의 불행이었어요. 어떻게 저것이 그레고르란 말인가요? 만일 저것이 정말 그레고르였다면, 인간이 자기와 같은 짐승과는 함께 살 수 없다는 것쯤은 벌써 알아차리고 틀림없이 스스로 나가 버렸을 거예요. 그렇게만 되었다면 오빠는 없어졌어도 우리는 어떻게 해서든지 살아남아 오빠를 존경하며, 오빠에 대한 추억을 소중히 간직하며 지낼 수 있었을 거예요. 그런데 저 짐승은 우리들을 희롱하고, 하숙인들을 내쫓고, 급기야는 이 집 전체를 점령하고 우리들을 길거리로 몰아낼 거예요. 네, 저것 좀 보세요, 아버지!"

누이동생은 별안간 소리를 질렀다.

"벌써 시작했어요!"

그레고르에 대한 알 수 없는 공포에 사로잡힌 누이동생은 어

---

50 성가시거나 처리하기 어려운 일.

머니가 앉아 있는 의자로부터 멀찍이 떨어져서 물러났다. 누이동생은 그레고르 옆에서 자신이 희생되는것보다는 어머니를 희생시키는 편이 낫다는 듯이 어머니의 의자 뒤에서 어느덧 아버지의 등 뒤로 도망쳤다. 아버지는 딸의 움직임에 흥분한 듯, 같이 일어서서 누이동생을 보호하려는 것처럼 양팔을 앞으로 쳐들었다.

그러나 그레고르는 누이동생은 물론 그 누구도 불안하게 만들 생각은 전혀 없었다. 그는 단지 자기 방으로 돌아가기 위해서 몸을 돌리기 시작한 것이다. 참혹한 현재의 상태에서는 몸을 조금만 돌리려고 해도 머리의 힘이 필요했다. 그래서 여러 번 고개를 쳐들었다가는 마룻바닥에 내리쳤다.

그 이상한 동작은 그들을 의아스럽고 놀라게 했다. 그는 동작을 중지하고 주위를 둘러보았다. 그의 악의 없는 뜻을 겨우 알아차린 것 같았다. 그들의 놀라움은 모두 순간적인 것이었으며, 이제 가족들은 모두 입을 다물고 슬픈 표정으로 그레고르를 바라보고 있었다. 어머니는 의자에 앉아서 두 다리를 모아 앞으로 쭉 뻗고 있었다. 누이동생은 한쪽 팔로 아버지의 목을 껴안고 있었다.

'자, 이젠 다시 시작해도 상관없겠지.'

하고 그레고르는 생각하며 다시 방향을 돌리기 시작했다. 그는 지쳐서 애써 숨을 돌리며 간혹 쉬기도 했다.

그렇다고 해서 그를 괴롭히는 사람은 없었다. 모든 것을 그가 하는 대로 내버려 두었다. 그는 방향을 돌려 곧장 자기의 방으로 기어가기 시작했다. 그는 자신의 방까지의 거리가 그렇게 멀게 느껴지는 것에 대해 새삼 놀랐다. 조금 전에는 도대체 어떻게 이 쇠약한 몸을 이끌고 이처럼 먼 거리를 간단하게 기어 나올 수 있었는지 신기한 일이 아닐 수 없다.

빨리 기어가야만 된다고 생각한 나머지, 그는 가족들의 말소리나 한 마디의 외침도 전혀 그를 방해하지 않았다는 사실을 거의 의식하지 못했다. 거의 문 앞까지 왔을 때 그는 비로소 뒤를 돌아보았으나 그가 말을 잘 듣지 않았다. 목이 굳어져 가고 있는 것 같았다. 그래도 자신의 뒤쪽에서는 여전히 달라진 것이 없었고, 다만 누이동생이 서 있는 것만이 보였다. 그때 그레고르의 마지막 시선이 어머니를 스쳤다. 어머니는 이미 잠들어 있었다.

그가 방안으로 들어서자마자 성급하게 문이 닫히고 굳게 빗장이 걸렸다. 갑자기 일어난이 소란 때문에 그레고르는 몹시 놀라서 다리가 휘청거리며 꺾일 정도였다. 이렇게 성급히 굴어 댄 것은 누이동생이었다. 그녀는 미리 일어나서 기다리고 있다가 그레고르가 방안으로 들어가자마자 번개같이 달려와 문을 잠궜던 것이다. 그레고르의 귀에는 누이동생의 발자국 소리가 전혀 느껴지지 않았었다.

"이제는 됐어요, 겨우 끝났어요!"

누이동생이 열쇠를 감춰 돌리면서 부모님을 향해 외쳤다.

'자아, 이제는 어떻게 하지?'

그레고르는 스스로에게 물으며 어둠 속에서 주위를 둘러보았다. 그는 자신이 더 이상 움직일 수 없게 되었음을 알았다. 그러나 그는 그것을 별로 이상하게 생각하지도 않았다.

오히려 지금까지 이 가느다란 다리로 기어 다닐 수 있었다는 것이 신기할 정도였다. 다른 한편으로는 약간의 쾌감까지 느껴졌다. 물론 전신이 아프기는 했지만, 그것도 이내 가라앉았고 마침내 완전히 통증이 사라진 것을 느꼈다. 등에 박힌 썩은 사과며, 부드러운 먼지에 싸여 있는 그 주위의 염증조차도 이미 느껴지지 않았다.

<small>실증</small>

그는 애정과 *연민[51]을 갖고 가족들의 일을 다시 생각해 보았다. 자신이 사라져야 한다는 생각은 누이동생보다도 그 자신이 훨씬 더 절실한 것이었다. 그레고르는 교회의 종소리가 새벽 세 시를 칠 때까지, 이처럼 공허하고 편안한 명상에 잠겨 있었다.

창밖이 훤하게 밝아오는 것이 어렴풋이 느껴졌다. 문득 그의 머리가 그도 모르게 밑으로 푹 수그러졌다. 그리고 그의 콧구멍에서는 나지막한 숨소리가 가늘게 새어 나왔다.

아침 일찍 일하는 할멈이 왔을 때 — 제발 그런 짓만은 하지 말라고 지금까지 수차례나 좋게 타일렀는데 문이란 문은 모조리 쾅쾅 때려 부술 듯이 성급하게 힘껏 여닫기 때문에, 이 할멈이 오면 집안 식구들은 더 이상 편히 잠을 수가 없었다. — 여느 때처럼 잠깐 그레고르의 방을 들여다보았으나 처음에는 별다른 이상을 발견하지 못했다.

할멈은 그레고르가 기분이 좋지 않아 일부러 꼼짝도 않고 누워 있다고 생각했다. 할멈은 그레고르가 전부터 모든 것을 분별할 줄 알고 있다고 생각했다. 그녀는 문 밖에서 마침 손에 들고 있던 긴 빗자루로 그를 간지럼 피우려고 했다. 그러나 아무런 반응이 없자, 그녀는 화를 내면서 그레고르의 몸을 슬쩍 안으로 밀어 보았다.

그레고르를 다시 한 번 살펴보았다. 곧 일의 °진상⁵² 을 알게 되자 할멈은 눈을 휘둥그렇게 뜨고 자신도 모르게 휘파람을 불었다. 할멈은 그 자리에서 머뭇거리지 않고 즉시 잠자 부부의 침실 문을 활짝 열어젖히고는 어둠 속을 향하여 큰 소리로 외쳤다.

"저리 좀 가 보세요, 저것이 뻗었어요. 저기 뻗어서 널브려져 있어요!"

잠자 부부는 침대에서 벌떡 일어나, 기겁을 하며 침대에서 뛰어내렸다. 잠자 씨는 어깨에 담요를 두르고, 부인은 잠옷 차림으로 그레고르의 방으로 들어갔다. 그러는 동안에 거실의 문도 열렸다. 하숙인을 둔 이후 그레테는 거실에서 잠을 잤다. 그레테는 한잠도 자지 않은 것처럼 단정하게 완전한 옷차림을 하고 있었다. 무엇보다도 그녀의 창백한 얼굴이 사실을 입증해 주는 것 같았다.

"정말 죽었어요?"

하고 말하며, 부인은 믿을 수 없다는 듯이 할멈을 쳐다보았다. 물론 스스로 확인해 볼 수도 있었고, 확인해 보지 않더라도 그냥 보면 알 수 있는 일이었다.

---

51 불쌍하고 가련하게 여김.
52 사물이나 현상의 거짓 없는 모습이나 내용.

"죽은 것 같습니다."

하고 말하면서, 할멈은 증명이라도 해 보이려는 듯이 멀찍이 서서 빗자루로 그레고르의 시체를 쑥 밀어 보였다. 부인은 그 할멈의 행동을 제지하려는 태도를 보였으나 실제로 그렇게 하지는 않았다.

성호 거룩한 표라는 뜻으로, 신자가 손으로 가슴에 긋는 십자가를 이르는 말.

"자, 이제 우리는 하느님께 감사를 드려야 하겠군."

하고 잠자 씨가 말하며 성호*를 그었다. 나머지 세 여자들도 그가 하는 대로 따라 했다. 그 때까지 시체를 바라보던 그레테가 입을 열었다.

"저것 좀 보세요. 어쩌면 저렇게 여위었을까요. 하기는 벌써 오래 전부터 아무것도 먹지를 않았어요. 먹을 것을 넣어 주어도 건드리지도 않은 채 그대로 되돌아 나오곤 했어요."

사실 그레고르의 몸은 납작하게 말라붙어 있었다. 이미 다리는 몸통을 받쳐 주지 못하고 있었다. 사람들은 주의를 끌만한 것들이 모두 없어져 버린 지금에서야 비로소 그 사실을 알게 된 것이다.

"그레테야, 잠깐 이리 좀 따라오너라."

쓸쓸한 미소를 띤 채 잠자 부인이 말했다. 그레테는 시체 쪽을 자꾸 뒤돌아보면서 부모님의 뒤를 따라 침실로 들어갔다. 할멈은 방문을 닫고 창문을 활짝 열었다. 아직 이른 새벽인데도 신선한 공기 속에는 따뜻한 온기가 감돌고 있었다. 어느덧 3월도 말일이 가까워졌던 것이다.

세 명의 하숙인들이 방에서 나와 아침 식사를 찾으며 모두 어리둥절해 했다. 그러나 모두가 그들은 안중에도 없었다.

"아침 식사는 어디 있지요?"

하고 우두머리 격인 남자가 할멈에게 불쾌한 듯이 물었다. 그러나 할멈은 아무 말 없이 손가락을 입에 대고, 빨리 그레고르의 방으로 와 보라는 시늉을 했다. 세 사람은 할멈이 시키는 대로 그레고르의 방으로 가서 다소 낡아 보이는 웃옷 주머니에 두 손을 찌르고는 완전히 밝아진 방안에서 그레고르의 시체를 둘러싸고 서 있었다.

그 때 침실로 문이 열렸다. 제복 차림의 잠자 씨가 한쪽 팔은 부인에게 또 한쪽 팔은 딸에게 부축을 받으며 나타났다. 세 사람은 모두 눈물에 젖은 얼굴들이었다. 그레테는 가끔 아버지의 팔에 얼굴을 묻었다.

"당장 우리 집에서 나가시오!"

잠자 씨는 이렇게 말하고, 두 여인에게 부축 받던 팔로 현관을 가리켰다.

"무슨 말씀이신가요?"

하고 우두머리 격인 사내가 다소 놀란 듯이, 매우 다정한 미소를 지으며 말했다. 다른 두 사람은 뒷짐을 진 채로 계속 손을 비벼 대고 있었다. 마치 자신들에게 유리한 언쟁이 한바탕 벌어지기를 즐거이 기다리기라도 한다는 태도였다.

"내가 방금 말했던 그대로요."

잠자 씨는 이렇게 말하고 두 여인과 함께 나란히 하숙인들 앞으로 걸어갔다. 우두머리 격인 사내는 꼼짝도 않고 그 자리에 선 채로, 이 복잡한 일들을 새롭게 정리하려는 듯이 바닥을 내려다보고 있었다.

"그러시다면 나가겠습니다."

라고 말하며, 그는 잠자 씨를 쳐다보았다. 별안간 겸손한 기분으로, 마치 이 새로운 결정에 대해서도 상대방의 승낙을 구하고 싶다는 태도였다. 그러나 잠자 씨는 몇 번인가 눈을 크게 뜬 채 그저 고개를 끄덕여 보일 뿐이었다. 그러자 그는 정말로 곧장 자신들의 방 쪽으로 걸어갔다. 다른 두 사람은 꼼짝도 않고 서서 이들의 대화를 주시하고 있더니, 곧 그의 뒤를 따라갔다.

마치 잠자 씨가 먼저 자신들의 방으로 들어가서 자신들과 그 사내 사이를 가로막지나 않을까 두려워하는 것 같았다. 방안에 들어서자 세 사람은 약속이나 한 듯이 옷장에서 모자를, 지팡이 통에서 지팡이를 뽑아 들고 무뚝뚝하게 인사를 하고는 아무 말 없이 집을 나섰다.

그들이 집에서 멀어질수록 그들에 대한 잠자 씨 가족들의 관심도 점점 사라져 갔다. 밑에서 그들과 반대로 올라오고 있던 정육점 심부름꾼 한 사람이 그들을 지나쳐 머리에 짐을 지고 집 안에 들어왔다. 잠자 씨 가족은 오늘 하루 휴식과 산책을 하며 보내기로 했다.

그들은 쉬어야 할 이유가 충분히 있었을 뿐 아니라 반드시 휴식이 필요했다. 그러므로 세 사람은 테이블 앞에 앉아서, 잠자 씨는 지배인 앞으로, 잠자 부인과 그레테는 상점 주인 앞으로 각각 *결근계53를 썼다. 그때 마침 할멈이 와서 아침 일이 끝났으니 그만 돌아가야겠다고 말했다. 세 사람은 결근계를 쓰던 채로 얼굴도 들어 보지 않고 고개만을 끄덕거렸다. 그러나 좀처럼 할멈이 돌아가려는 기색이 없자, 그들은 불쾌하다는 듯이 얼굴을 쳐들었다.

"무슨 할말이라도?"

잠자 씨가 물었다. 할멈은 엷은 미소를 지으며 문 앞에 서 있었다. 마치 가족들에게 무척 반가운 소식이라도 알려 주려 했다가, 상대방이 캐어묻지 않는다면 알려 주지 않겠다는 태도였다. 할멈의 모자 위에는 작은 타조 깃털 하나가 거의 수직으로 세워져 가볍게 이리저리 흔들리고 있었다.

"아직도 무슨 일이 남았나요?"

잠자 부인이 물었다. 할멈은 가족들 중에서 잠자 부인을 가장 존경하고 있었다.

"네."

그녀는 대답했으나 정다운 미소를 짓느라고 곧바로 다음 말을 잇지 못했다.

"이제 옆방에 있는 것을 치워야 할 걱정은 하시지 않아도 됩니다. 제가 벌써 다 치워 놓았어요."

---

53 결근하게 된 사유를 적어서 내는 것

잠자 부인과 그레테는 쓰다 만 결근계를 계속 쓰려는 듯이 다시 고개를 수그렸다. 잠자 씨는 할멈이 모든 상황을 자세하게 설명하려는 것을 눈치 채고, 손을 내밀며 단호하게 그만두라는 손짓을 해 보였다. 할멈은 상대방에게 거절을 당하자, 자신이 해야 할 바쁜 일들을 생각해 내고는 기분이 상한듯한 목소리로,

"그럼, 모두 안녕히들 계세요."

하고 말한 후 획 돌아서서 요란스럽게 문을 닫고 돌아가는 것이었다.

"저녁에 오면 할멈을 내보내도록 합시다."

하고 잠자 씨가 말했으나, 부인도 딸도 아무런 대꾸도 하지 않았다.

간신히 되찾은 마음의 *평정[54]이 할멈으로 인해 다시 깨질까 두려웠던 것이다. 두 여인은 일어나 창가로 가서 서로 부둥켜안고 서 있었다. 잠자 씨는 의자에 앉아 몸을 돌려 잠시 두 사람을 조용히 바라보고 있다가 문득 이렇게 말했다.

"자, 그만 이리로 와요. 자꾸 지난 일을 생각하면 무엇하겠소. 이제는 내 생각도 좀 해 주야지."

전차 공중에 설치한 전선으로부터 전력을 공급받아 지상에 설치된 궤도 위를 다니는 차.

그녀들은 그의 곁으로 다가가서 잠자 씨를 위로하고는 서둘러 결근계를 썼다. 그리고 나서 그들은 함께 나섰다. 수개월 동안 이런 일은 처음이었다. 그들은 전차*를 타고 교외로 나갔다. 전차 안에는 그들뿐이었으며, 따스한 햇빛이 전차 안으로 비쳐들었다. 그들은 의자에 등

을 기대로 편안히 앉아, 앞으로의 일들을 이것저것 상의했다.

잘 생각해 보면 그들의 앞날이 그렇게 어두운 것만은 아니었다. 왜냐하면 이제까지 서로 물어 본 일은 없었지만, 세 사람의 직업은 모두가 괜찮은 편이었고 앞으로도 유망한 직종이기 때문이었다.

현재 가장 시급한 것은 환경의 변화이지만 그것은 집을 옮기면 쉽사리 해결될 일이었다. 지금까지 그들은 그레고르가 마련한 집에서 계속 살아왔다. 그러나 세 사람은 현재의 그 집보다 작고, 집세도 싸고, 무엇보다도 위치가 좋고, 전체적으로 실용적인 집이 필요했다.

그들이 그런 이야기를 하는 사이 잠자 부부는 차츰 활기를 되찾는 딸의 모습을 바라보며, 딸이 최근 안색이 창백해질 정도의 온갖 근심과 고통에도 불구하고 아름답고 탐스러운 한 여인으로 성장해 있음을 느낄 수 있었다. 잠자 부부는 말없이 시선을 주고받으며, 앞으로 딸을 위해 좋은 신랑감을 찾아 주어야 할 때가 곧 올 것이라 생각했다.

이윽고 전차가 목적지에 도착하자, 그레테는 제일 먼저 일어나 젊고 싱싱한 팔다리를 쭉 뻗었다. 잠자 부부의 눈에는 마치 그 모습이 그들의 새로운 꿈과 아름다운 계획을 보장해 줄 것처럼 느껴졌다.

---

54 편안하고 고요한 상태.

작가 파일

프란츠 카프카 1883~1924

체코의 유대계 소설가. 현재 체코의
수도인 프라하에서 유대인 부모의 장남
으로 태어나 독일어를 쓰는 프라하 유대인
사회에서 성장했다. 1906년 법학으로 박사학위를 취득, 1907
년 프라하의 보험회사에 취업했으나 일생의 유일한 의미와 목
표는 문학창작이었다. 대표작으로 장편 『성』이 있다.

1 이 소설의 주인공 이름을 한번 써 보세요.

2 소설의 주인공 그레고르 잠자는 왜 벌레가 되었을까요?
  자기 생각을 말해 보세요.

3 아버지가 던진 사과에 맞아 고통스러워 하는 그레고르 잠자의 모습
  을 그려 보세요.

레프 톨스토이

사람은 무엇으로 사는가

감상의 길잡이

　　톨스토이의 단편 「사람은 무엇으로 사는가」는 소박한 사람들이 하느님의 사랑을 어떻게 몸소 실천하고 사는지를 잘 보여 주는 따뜻한 이야기이다. '사람은 무엇으로 사는가.'라는 질문에 대한 대답은 한마디로 '사랑'이다. 이 자명한 진리를 사람들이 가슴 깊이 느끼게 하기 위해 톨스토이는 미하일이라는 천사와 구두를 만드는 가난한 세몬 그리고 세몬의 아내 마뜨료나의 이야기를 만들어냈다.

　　가난한 구둣방 주인 세몬은 아내와 함께 입을 코트를 장만하기 위해 그동안 모은 돈과 외상값을 모아 코트를 사려 한다. 그러나 돈을 받지 못한 세몬은 울화가 치밀어 가지고 있던 돈마저 술을 마시고 집으로 돌아가는 길에 '어떤 여인의 영혼을 거두어오라.'는 하느님의 명을 거역해 인간 세계로 쫓겨난 천사 미하일이란 청년을 만나게 된다. 미하일은 교회 앞에 거지로 웅크리고 있는데 그를 가엾게 여긴 세몬과 그의 아내는 미하일에게 구두를 수선하는 일을 가르쳐 함께 생활하기로 결심한다.

　　하느님께서 미하일에게 세 가지 질문을 내주었고, 그 질문에 대한 답을 인간 세계에서 깨달아야만 다시 천상으로 돌아갈 수 있는데, 미하일이 인간 세계에 살면서 그에 대한 답을 깨달아간다는 내용이다.

세 가지 질문은 다음과 같다.

1. 사람의 마음속에는 무엇이 있는가?
2. 사람에게 허락되지 않는 것은 무엇인가?
3. 사람은 무엇으로 사는가?

첫 번째 질문에 대한 해답은 '사랑'이다. 그를 가엾게 여겨 자신들을 희생하는 세몬과 그의 아내의 마음을 통해 미하일은 사랑을 보게 된다. 두 번째 질문에 대한 해답은 자신이 내일 당장 죽을 지도 모르면서 장화를 주문한 신사를 통해 사람은 스스로 자기 자신의 장래(운명)을 알 수 없는 존재임을 알게 된다. 세 번째 질문에 대한 해답은 자신의 친자식도 아니면서 가슴으로 키운 한 모녀에 의해 사람은 사랑으로 산다는 것을 깨닫는다.

러시아 지방에 전해 오는 민화를 바탕으로 쓰여진 이 소설은 톨스토이의 예술가적 입장을 이야기로 풀어낸 것이라 볼 수 있다. 그는 기독교적 사랑을 담아낸 예술이 참된 예술이라고 주장했는데, 이 소설은 평소 그의 사상을 다수의 대중들이 쉽게 이해하도록 쓴 것이다.

한 구두 수선공인 세몬은 아내 마뜨료나와 자식들을 데리고 한 농부의 집에 세 들어 살고 있었다. 그는 집도 땅도 없이 오직 구두 짓는 일만으로 식구들을 먹여 살렸다. 빵 값은 비싸고 *품삯[1]은 보잘 것 없어 버는 족족 입에 풀칠하기 바쁜 형편이었다.

그에게는 아내와 번갈아 가며 입는 외투 한 벌이 있었는데, 이젠 그것마저 낡아 누더기가 되어 버렸다. 그래서 그는 이 년 전부터 양가죽을 사서 외투를 새로 만들어야겠다고 별러 오고 있었다.

가을로 접어들면서 약간의 여유가 생겼다. 아내의 작은 상자에는 3 *루블[2] 외에도 이웃에 꾸어준 돈이 5루블 20 *코페이카[3]쯤 되었던 것이다. 세몬은 양가죽을 사기 위해 이른 아침부터 마을에 갈 채비를 했다.

아침밥을 먹자마자 루바시카 위에 아내의 무명 내의를 껴입고 그 위에 다시 모직 외투를 걸친 다음, 그는 3루블 지폐를 속주머니에 넣고 나무막대를 지팡이 삼아 집을 나섰다.

'마을 사람들에게 빌려 준 돈 5루블을 보태서 양가죽을 사야지.'

마을에 이르러 그는 한 농부의 집을 찾아갔다. 그런데 하필이면 주인이 외출 중이라, 그 집

루바시카 러시아풍의 남자 웃저고리.

마누라에게서 일주일 안에 돈을 마련해 주인 편에 보내겠다는 약속만 받고 돌아설 수밖에 없었다. 그 다음으로 찾아간 농부는 하늘에 맹세코 지금은 돈이 없다면서 장화 수선비라며 단돈 20코페이카를 내놓았다.

세몬은 하는 수 없이 외상으로나마 양가죽을 사 보려고 했다. 그러나 가게 주인은 어림없는 소리 말라며 딱 잘라 말했다.

"돈을 갖고 오슈. 그럼 달라는 대로 주지. 외상값 받아 내기가 얼마나 힘든지 넌덜머리가 난다니까."

세몬은 결국 장화 수선비 20코페이카와 어느 집에선가 낡은 털장화를 꿰매는 일감 하나를 얻었을 뿐 헛수고만 하고 집으로 돌아오는 수밖에 없었다.

---

1 품을 판 대가로 받는 돈이나 물건.

2 러시아의 화폐 단위.

3 루블 아래 화폐 단위.

보드카 러시아의 대표적인 술.

　　그는 속이 상해 20코페이카를 몽땅 털어 보드카*를 마셔 버리고는 양가죽은 만져보지도 못한 채 집을 향해 터덜터덜 걸었다. 아침에 집을 나설 때는 꽤 추운 것 같았는데 술을 한 잔 걸치고 나니 가죽 외투 없이도 몸이 따뜻했다. 그는 걸어가면서 한 손에 든 지팡이로 꽁꽁 얼어붙은 땅을 두드리고, 다른 한 손으론 낡은 털장화를 허공에 흔들며 혼자 중얼거렸다.

　　"가죽 외투 같은 것 없어도 따뜻하기만 하네. 겨우 한 잔 걸쳤을 뿐인데 이렇게 후끈후끈한 걸. 까짓 가죽 외투 따윈 필요 없다구! 이 몸은 이런 분이다 이거야! 암, 그렇고말고. 그깟 가죽 외투 없어도 이 몸은 얼마든지 살 수 있다구! 그런 건 평생 필요 없다 이 말씀이야! 그런데 마누라가 가만있지 않을걸. 이건 좀 골치 아픈데. 빌어먹을. 남은 죽어라 일해 주는데 이건 콧방귀만 뀌고 앉았으니! 어디 두고 보라지. 이번에도 돈을 갖고 오지 않으면 모자를 날려 버릴 테니까. 암 그러고 말고. 도대체 어쩌자는 수작들이야! 고작 20코카페이카를 줘? 그걸로 뭘 하라는 거야, 도대체? 술 한 잔이면 날아가 버릴 돈을 가지고! 그래, 너희들만 곤란하고 난 곤란하지 않다는 거야? 너희들은 집도 있고 가축도 있어. 하지만 내겐 맨 몸뚱이뿐이라구. 너희들은 농사지어 빵을 얻지만 나는 하나부터 열까지 일일이 사다 먹어야 한다구. 어떻게 버둥대든 빵 값만도 1주일에 3루블은 치러야지. 집에 돌아가 빵이라도 떨어졌으면 당장 1루블 반을 써야 된다구. 그러니 내 돈을 갚아 줘야겠어."

이윽고 세몬은 길모퉁이의 작은 교회 근처에 이르렀다. 그때 교회 뒤에서 뭔가 허연 것이 보였다. 이미 날이 저문 뒤라, 눈을 부릅뜨고 바라보았지만 뭔지 알 수가 없었다.

'여기에 돌 같은 건 없었는데, 소인가? 하지만 짐승 같지는 않은 걸. 머리를 보니 사람 같기도 한데 너무 하얗군. 하긴 사람이라면 이런 데 있을 리가 있나.'

그는 조금 더 가까이 다가갔다. 그제야 그 물체가 또렷하게 보였다. 그런데 정말 이상한 일이었다. 사람인 건 분명한데 죽었는지 살았는지, 그 남자는 벌거벗은 알몸인 채 차디찬 교회 벽에 기대어 꼼짝을 않고 있었던 것이다. 세몬은 갑자기 무서운 생각이 들었다.

'누가 이 자를 죽여 옷을 몽땅 벗기고는 여기 내다버린 모양이군. 근처에서 어정거리다간 무슨 변을 당할지도 몰라.'

구두장이는 그곳을 그냥 지나쳤다. 교회 모퉁이를 돌아가자 남자는 더 이상 보이지 않았다. 교회 앞을 지나면서 힐끔 돌아보니 남자가 벽에서 몸을 일으켜 움직이고 있는 것이 보였다.

남자는 이쪽의 거동을 살피고 있는 것 같았다. 세몬은 불쑥 겁이 나서 생각했다.
몸의 움직임

'다가가 볼까, 그냥 지나쳐 버릴까? 공연히 다가갔다가 무슨 변이라도 당하면? 저자가 누군지도 모르는 데 말이야. 좋은 일 하고 이런 데 버려져 있을 리도 만무하고. 어쩌면 내가 다가오길 기다렸다가 달려들어 내 목을 조를지도 모르지. 그렇게 되면 꼼짝없이 당하는 수밖에. 설사 목을 조르지는 않는다 해도 뭔가 시끄러운 꼴을 당할 게 뻔해. 저 벌거숭이를 어쩐다? 내가 입고 있는 걸 홀랑 벗어 줄 수도 없고. 오 하느님, 제발 무사히 지나가게 해 주십시오!'

머리속에 그런 생각들을 굴리며 세몬은 걸음을 재촉했다. 그러나 교회를 거의 지나쳤을 무렵 갑자기 양심이 고개를 쳐들었다. 그는 길 복판에 멈춰 서서 중얼거렸다.

'도대체 뭘 하고 있는 거지, 세몬? 사람이 재난을 만나 죽어가고 있는데 겁을 집어먹고 슬그머니 꽁무니를 빼려 하다니. 네가 무슨 큰 부자라도 된다는 거야? 그래서 가진 걸 빼앗기게 될까 봐 겁이라도 난다는 거야, 뭐야? 세몬, 그건 옳지 않은 짓이야!'

결국 세몬은 발길을 돌려 남자에게로 걸어가기 시작했다.

세몬이 가까이 다가가서 살펴보니 남자는 아직 젊고 제법 힘도 있어 보였으며 몸에 얻어맞은 흔적 같은 건 보이지 않았다. 그러나 추위 때문에 몸이 꽁꽁 얼어붙은 데다 몹시 겁을 먹고 있는 듯했다. 그는 벽에 기대앉은 채 세몬 쪽은 쳐다보지도 않았다. 너무 지쳐서 눈을 뜰 기운조차 없는 모양이었다.

세몬이 바짝 다가가자 남자는 그제야 눈을 뜨고 세몬을 쳐다보았다. 세몬은 그의 눈이 마음에 들었다. 그래서 털 장화를 땅바닥에 내동댕이치고 벨트를 풀어 장화 위에 던진 다음 입고 있던 외

형편이 여유롭지 않았지만 세몬은 벌거벗은 채 차디찬 교회 벽에 기대어 있는 미하일을 외면할 수 없었다.

투를 벗으면서 말했다.

"이러고 있을 때가 아니야! 자, 이거라도 입어 보라구! 어서!"

세몬은 남자의 팔을 부축해 일으켰다. 일어선 남자를 보니, 훤칠한 몸매에 손과 발은 깨끗하고 얼굴빛도 온화한 젊은이였다. 세몬은 그의 어깨에 외투를 걸쳐 주었다. 그러나 팔이 소매 속으로 잘 들어가지 않았다. 세몬은 청년의 두 팔을 외투 소매에 끼워 주고 옷깃을 잡아 당겨 앞을 여민 다음 허리띠를 둘러 주었다. 그는 쓰고 있던 낡은 모자도 벗어서 청년에게 씌워 주려고 했다. 그러나 머리가 너무 썰렁해서 그는 생각을 바꾸었다.

'나는 민둥머리지만 이 젊은이는 머리숱이 많으니까.'

그는 모자를 다시 썼다.

'그보다는 장화를 신겨 주는 것이 좋겠어.'

세몬은 청년을 다시 앉히고 털 장화를 신겨 주었다.

"이만하면 됐겠지. 자아, 이젠 좀 움직여 보라구. 몸이 녹게 말이야. 여기서 우물쭈물할 것 없잖아? 그런데 자네, 걸을 수는 있겠나?"

청년은 부드러운 눈길로 세몬을 바라볼 뿐 아무 대꾸가 없었다.

"왜 말을 하지 않는 거야? 여기서 겨울을 날 작정인가? 어디든 사람 사는 데로 가야지. 여기 내 지팡이가 있으니까 걷기 힘들면 이거라도 짚으라구. 자, 가세! 가자니까!"

청년은 걷기 시작했다. 뒤쳐지는 일도 없이 썩 잘 걸었다. 걸으면서 세몬이 물었다.

"그런데 자네 대체 어디서 왔나?"

"저는 이 고장 사람이 아닙니다."

"이 고장 사람이라면 내가 모를 리 없지. 내가 묻고 있는 건 어째서 이런 데 와 있느냐는 거야. 저 교회 구석 같은 데 말일세."

"그건 말씀드릴 수 없습니다."

"들어보나마나 어떤 나쁜 놈들한테 몹쓸 짓을 당했겠지."

"아무도 제게 나쁜 짓을 하지 않았습니다. 전 하느님으로부터 벌을 받은 것입니다."

"그야 만사가 하느님의 뜻이니까. 아무튼 어디 들어가서 좀 쉬어야 할 텐데. 대체 어디로 갈 작정인가?"

"어디든 좋습니다."

세몬은 적이 놀랐다. 청년은 불량해 보이지도 않았고 말씨도 꽤 어지간한 정도로 공손했지만 자신에 관해서는 아무것도 말하려 들지 않았다. 세몬은 생각했다.

'누구에게나 말 못 할 사정은 있는 법이니까.'

그는 다시 입을 열었다.

"그렇다면 어떤가, 나하고 같이 우리 집으로 가는 게? 몸이 녹으면 정신이 좀 나겠지."

세몬은 집을 향해 걷기 시작했다. 낯선 젊은이도 뒤떨어지지 않고 곧잘 따라왔다. 차가운 바람이 세몬의 루바시카 자락을 파고들었다. 술이 깨면서 오싹오싹 한기가 느껴졌다. 그는 연신 코를 훌쩍거렸다. 마누라에게서 빌려 입은 무명 속옷 앞자락을 바싹 당겨 여미면서 그는 생각했다.

'털가죽 외투가 대체 어떻게 돼 버린 거야? 모피 외투를 장만하러 나섰다가 입고 있던 것마저 벗어던진 꼴이 됐으니. 거기다 벌거숭이 사내까지 달고 들어가면 마뜨료나가 펄펄 뛸게 뻔한데.'

아내 생각을 하자 세몬의 마음은 우울해졌다. 그러나 옆에서 걷고 있는 젊은이를 돌아보자 교회 모퉁이에서 처음 발견했을 때 자신을 쳐다보던 그의 눈빛이 떠오르면서 마음이 다시 환하게 밝아왔다.

세몬의 아내는 일찌감치 집안일을 끝냈다. 장작을 쪼개고 물을 길어 와서 아이들과 같이 저녁을 먹은 다음 그녀는 생각에 잠겼다.

'오늘 저녁에 빵을 구울까, 내일로 미룰까.'

제법 큼직한 빵 한 조각이 아직 남아 있었다.

'세몬이 밖에서 식사를 하고 들어온다면 밤참은 그리 많이 먹지 않을 거야. 그럼 내일 아침까진 이걸로 충분할 것 같은데.'

그녀는 빵 조각을 만지작거리면서 궁리했다.

'아무래도 빵 굽는 건 내일로 미뤄야겠어. 밀가루도 얼마 남지 않았는데, 있는 것만으로 금요일까지 버텨야지.'

마뜨료나는 빵 굽는 일을 그만두기로 하고 남편의 옷을 깁기 시작했다. 바느질을 하면서 그녀는 남편이 어떤 가죽을 사올까 생각했다.

'설마 가죽 장수에게 속지는 않았겠지. 그이는 사람이 너무 좋아서 탈이라니까. 자기는 꿈에도 남을 속일 줄 모르면서 동네 코흘리개한테도 맥없이 속아 넘어가거든. 8루블이라면 적은 액수가 아닌데. 그 정도면 좋은 모피 외투를 장만 할 수 있고말고. °무두질[4] 한 최고급 가죽은 아니더라도 어쨌든 가죽 외투인 건 분명해. 가죽 외투 하나 없이 겨울을 나려니 작년엔 고생이 이만저만이 아니었지. 냇가엘 나갈 수가 있었나, 들엘 나갈 수가 있나. 오늘만 해도 그래. 옷이란 옷은 모조리 껴입고 나가 버리니 나는 걸칠 것이 없다구. 그런데 이이가 너무 늦는 거 아냐? 돌아올 때가 지났는데. 혹시 어디서 술을 퍼마시고 있는 건 아닐까?'

마뜨료나가 이런 생각을 하고 있을 때 마침 현관 계단이 삐그덕 거리면서 누군가 들어오는 소리가 났다. 바늘을 바늘꽂이에 꽂아놓고 마뜨료나가 밖으로 나가 보니 사내 둘이 안으로 들어서고 있었다. 세몬 옆에 서 있는 낯선 청년은 맨머리에 털 장화를 신고 있었다. 그녀는 당장에 남편이 술을 마셨다는 것을 알아차렸다.

'내 이럴 줄 알았다니까.'

다시 보니 남편은 외투도 입지 않은 속옷 바람에 빈손으로 우두커니 서 있었다. 마뜨료나는 화가 머리끝까지 치밀어 올랐다.

'그 돈으로 몽땅 마셔 버린 게 틀림없어. 생판 모르는 건달하고 어울려 진탕 퍼마시고는 그것도 모자라 집에까지 끌고 왔군.'

두 사람 뒤를 따라 집 안으로 들어서던 마뜨료나는 낯선 사내

---

4 동물의 가죽을 옷감으로 쓸 수 있도록 피혁으로 만드는 일

가 입고 있는 외투가 자기네 것임을 알아보았다. 젊은이는 외투 밑에 내의를 입은 것 같지도 않았고 모자도 쓰고 있지 않았다. 그는 방 안에 들어와서도 잠자코 한 자리에 선 채 움직이지도 않고 고개를 들지도 않았다.

'뭔가 나쁜 짓을 저질러 놓고 겁을 집어먹고 있는 게 틀림없어.'

마뜨료나는 이마를 찌푸린 채 벽난로 쪽으로 멀찌감치 떨어져서 두 사람이 하는 모양을 지켜보았다. 세몬은 모자를 벗고 태연하게 의자에 걸터앉았다.

"이봐, 왜 그러고 있어? 식사 준비를 해야지."

마뜨료나는 입 속으로 뭔가 투덜거릴 뿐 벽난로 옆에서 꿈쩍도 하지 않았다. 그녀는 두 사람을 번갈아 쳐다보며 연신 고개를 젓고 있었다. 세몬은 그녀가 몹시 화가 나 있다는 것을 알았다. 그래도 할 수 없다는 듯이 그는 낯선 사내의 손을 잡으면서 말했다.

"자, 앉으라구. 저녁을 먹어야지."

낯선 사내가 의자에 앉았다.

"왜 그래? 저녁 준비를 하지 않은 거야?"

마뜨료나는 더 이상 화를 참지 못하고 입을 열었다.

"왜 안 해요. 하긴 했지만 당신 몫은 없어요. 보아 하니 당신은 염치마저 홀랑 마셔 버린 모양이군요. 가죽 사러 간다더니 가죽은 커녕 입고 나간 외투마저 남 벗어 주고, 그것도 모자라 저 건달을 집에까지 꿰어 차고 들어오다니. 당신네 주정뱅이들한테 줄 저녁은 없단 말이에요."

"마뜨료나, 사정도 모르면서 함부로 떠들어 댈 거야? 어떻게 된 일인지 들어보고 나서 지껄여야지."

세몬은 속주머니를 더듬어 지폐를 꺼냈다.

"자, 돈은 여기 있다구. 도리포노프가 꾸어간 건 못 받았지만 내일은 꼭 주겠다고 약속했어."

그래도 마뜨료나는 화가 가라앉지 않았다. 양가죽도 못 산 터에 단벌 외투는 낯선 벌거숭이 사내한테 벗어줘 버리고, 거기다 그 사내를 집에까지 끌고 오다니. 탁자 위의 돈을 집어 간수하면서 마뜨료나는 말했다.

"아무튼 저녁은 없어요. 저런 벌거숭이 주정뱅이들을 일일이 아랑곳하다간……."

"이봐, 마뜨료나. 말 좀 삼가라니까. 우선 내 말을 들어보라구."

"당신 같은 주정꾼의 말은 듣고 자시고 할 것도 없어요. 정말이지 난 당신 같은 주정뱅이와 결혼하고 싶지 않았다구요. 어머니가 주신 옷감들도 모조리 술값으로 날려 버리더니 이번엔 또 양가죽 살 돈마저 목구멍에 홀랑 들이붓고 들어왔군요."

세몬은 자기가 마신 것은 고작 20코페아카 뿐이라는 것과, 청년을 데려오게 된 사정을 아내가 알아듣도록 설명하려 했다. 그러나 마뜨료나는 그에게 말할 기회를 주지 않았다. 어디서 그렇게 좔좔 쏟아져 나오는지 쉴 새 없이 떠들어 대는 바람에 세몬은 끼어들 겨를이 없었다. 그녀는 10년도 더 된 옛날 일까지 들추어 가며 사정없이 퍼부어 대다가 갑자기 세몬에게 달려들어 옷소매를 움켜잡았다.

"여러 말 말고 내 옷이나 내놔요! 하나밖에 없는 옷을 빼앗아 입고 뻔뻔하기도 하지! 썩 벗어 달라니까요! 이런 못난이, 팔푼이 같으니라고! 차라리 어디 가서 콱 죽어 버리는 게 낫지."

세몬이 옷을 벗으려는데 마뜨료나가 달려들어 잡아당기는 바람에 °솔기5가 부드득 틀어졌다.

마뜨료나는 옷을 낚아채 입고 문쪽으로 달려갔다. 그대로 나가 버리려고 하다가 그녀는 문득 걸음을 멈췄다. 속은 상하지만 그래도 이 사내가 누군지는 밝혀내야겠다고 생각했던 것이다.

마뜨료나는 멈춰 서서 입을 열었다.

"온전한 사람이라면 저렇게 맨발로 돌아다닐 리가 없지. 게다가 저 사람은 내의조차 입지 않았다구요. 당신이 나쁜 짓을 하지 않았다면 어디서 저 사람을 끌고 왔는지 왜 말을 못하는 거죠?"

"아까부터 그 말을 하려던 참이야. 집으로 돌아오는 길에 이 사람이 교회 담 밑에 쭈그리고 앉아 있는 걸 우연히 보게 되었단 말이오. 꽁꽁 얼어붙은 알몸으로 말이야. 글쎄, 여름도 다 갔는데 벌거숭이라니! 마침 하늘이 도와서 내가 그리로 지나가게 됐으니 망정이지, 하마터면 그대로 얼어 죽을 뻔했다니깐. 살아가면서 언제 무슨 일을 당할지 누가 알겠소! 그래 내가 외투를 입혀서 데

리고 왔지. 마뜨료나 당신도 마음을 가라앉히고 이 사람 처지를
생각해 보구려. 사람은 누구든 한 번은 죽는 거니까."

마뜨료나는 뭔가 좀 더 심한 말을 퍼부어 주고 싶었으나 낯선
젊은이를 쳐다보자 왠지 말문이 막혔다. 청년은 걸상 끄트머리
에 죽은 듯이 꼼짝도 하지 않고 앉아 있었다. 두 손은 무릎 위에
올려놓고 가슴팍에 고개를 떨군 채, 눈을 드는 일도 없이 마치 무
엇에 목을 졸리고 있기라도 한 것처럼 얼굴을 잔뜩 찌푸리고 있
었다.

마뜨료나가 잠자코 있자 세몬이 다시 입을 열었다.

"마뜨료나, 당신에겐 하느님도 없소?"

마뜨료나는 그 말을 듣고 다시 한 번 낯선
청년을 바라보았다. 그러자 부글거리던 노여
움이 홀연히 가라앉았다. 그녀는 돌아서서 방
구석에 있는 난로 곁으로 걸어가 저녁상을 차
리기 시작했다. 잔을 탁자 위에 놓고 크바스
를 따르고 남은 빵을 내놓았다. 나이프와 스푼
을 놓으면서 그녀가 말했다.

크바스 귀리와 엿기름으로 만든 러시아
맥주.

"와서 식사들 하세요."

세몬은 낯선 청년을 식탁으로 데리고 갔다.

"앉으라구, 젊은이."

세몬이 빵 조각을 잘게 썰었다. 두 사람은 먹기 시작했다. 마뜨

---

5 옷이나 이부자리 따위를 지을 때 두 폭을 맞대고 꿰맨 줄.

료나는 식탁 끝에 앉아 한 손으로 턱을 괴고 낯선 젊은이를 바라보았다. 그러자 문득 젊은이가 가여워 돌보고 싶다는 생각이 들었다. 그 순간 청년이 갑자기 밝은 표정을 짓더니 찌푸렸던 이마를 펴고 눈을 들어 그녀를 쳐다보며 싱긋 웃었다. 식사가 끝나자 마뜨료나는 그릇들을 치우고 낯선 청년에게 물었다.

"당신은 어디서 왔죠?"

"저는 이 고장 사람이 아닙니다."

"그런데 어째서 그런 곳에 있었나요?"

"그건 말할 수 없습니다."

"당신 옷은 누가 벗겨간 거죠?"

"하느님께서 벌을 내리신 겁니다."

"그래서 벌거벗고 쓰러져 있었단 말이에요?"

"네, 벌거벗은 채 쓰러져 거의 얼어 죽을 뻔했죠. 그런데 댁의 주인께서 저를 발견하고 가엾게 여겨 외투를 벗어서 입혀 주고는 여기까지 데리고 온 겁니다. 여기 오자 이번엔 아주머니께서 절 불쌍하게 생각하시고 먹을 것과 마실 것을 주셨죠. 두 분께는 하느님의 은총이 내릴 겁니다."

마뜨료나는 자리에서 일어나 방금 기워놓은 세묜의 낡은 내의를 창가에서 집어다 젊은이에게 건네주었다.

"자, 이거라도 입어요. 그리고 어디든 마음에 드는 자리에 누워서 자요. 침대 위든 벽난로 옆이든."

낯선 젊은이는 외투를 벗고 내의를 입은 다음 침대에 드러누웠다. 마뜨료나는 불을 끄고 외투를 집어 남편 있는 데로 갔다. 외투

자락을 덮고 누었으나 좀처럼 잠이 오지 않았다. 낯선 젊은이의 일이 도무지 머리에서 떠나질 않았던 것이다. 젊은이가 마지막 남은 빵을 먹어 버리는 바람에 당장 내일 아침 먹을 것이 없다는 것과, 남편의 내의를 주어 버린 일을 생각하면 아쉬운 마음이 드는 것은 사실이었다. 그러나 젊은이가 싱긋 웃던 걸 생각하면 그녀의 마음은 어느새 환하게 밝아지는 것이었다.

마뜨료나는 오래도록 잠을 이루지 못했다. 세몬도 잠이 오지 않는지 외투 자락을 한 번씩 끌어당기곤 했다.

"남은 빵을 다 먹어 버렸는데, 반죽을 해 두지도 않았으니 내일은 어쩌죠? 옆집 말라냐네한테 좀 꾸어 달랄까?"

"그러든지. 설마 산 입에 거미줄 치려고."

마뜨료나는 한동안 말없이 누워 있었다.

"그런데 저 사람 말이에요, 나쁜 사람 같지는 않은데 어째서 자기 얘기는 통 하려 들지 않는 걸까요?"

"뭔가 말 못 할 사정이 있겠지."

"세몬!"

"응?"

"우리는 남을 도와주는데, 남들은 왜 아무도 우리를 도와주지 않는 거죠?"

세몬은 뭐라고 대답해야 할지 알 수 없었다.

"거 쓸데없는 소리 작작 하라니까."

그렇게 말하고 나서 그는 획 돌아누워 잠들어 버렸다.

이튿날 세몬은 아침 일찍 잠이 깼다. 아이들이 일어나기 전에 마뜨료나는 이웃집으로 빵을 꾸러 갔다. 어제 데리고 온 낯선 청년은 낡은 내의를 입은 채 걸상에 앉아 천장을 바라보고 있었다. 그의 얼굴은 어제보다 한결 밝아 보였다.

"어떤가, 젊은이! 배는 빵을 원하고 벗은 몸뚱이는 옷을 원하니 뭔가 벌이를 해야 하지 않겠나? 자네는 무슨 일을 할 줄 아나?"

세몬은 깜짝 놀라서 말했다.

"뭐든 해 보려는 마음만 있으면 되는 거야. 배워서 못할 일은 없으니까."

"다들 일을 하니 저도 뭐든 해 보겠습니다."

"그런데 자네 이름이 뭔가?"

"미하일입니다."

"그래, 미하일. 자네는 ˚신상⁶ 이야기를 하고 싶지 않은 모양인데, 그런 건 아무래도 좋아. 꼭 알아야 할 이유는 없으니까. 하지만 아무튼 밥벌이는 해야 해. 내가 시키는 대로 일을 해주면 밥은 먹여 주겠네."

"고맙습니다. 뭐든 열심히 배우겠습니다. 가르쳐만 주십시오."

세몬은 실을 집어 손가락에 감아서 꼬기 시작했다.

"어려울 건 없어. 자, 보라구."

미하일은 잠시 들여다보더니 금방 배워서 따라 했다. 세몬은 다시 꼰 실을 짜는 법을 가르쳤다. 미하일은 이번에도 금방 배웠다. 주인이 실을 꿰어 가죽 깁는 시범을 해 보이자 미하일은 이것도 이내 익혔다. 세몬이 무엇을 가르쳐도 미하일은 금방 터득하여 사흘이 지나자 거의 모든 작업 과정을 능숙하게 해낼 수 있게 되었다. 마치 이제까지 줄곧 구두를 꿰매어 온 사람 같았다.

그는 부지런히 일하고 조금밖에 먹지 않았다. 그리고 한가할 때면 조용히 천장만 쳐다보았다. 밖으로 나가지도 않고 농담을 하거나 웃는 법도 없었다. 미하일이 웃어 보인 건 처음 왔던 날 마뜨료나가 저녁을 준비했을 때뿐이었다.

하루가 지나고 일주일이 지나고 일년이 지났다. 미하일은 여전히 세몬의 집에 살면서 가게 일을 거들어 주고 있었다. 미하일의 솜씨에 대해서는 소문이 자자했다. 세몬의 직공 미하일만큼 튼튼하고 모양 좋은 구두를 짓는 사람은 없다고 하여, 이웃 마을에서까지 주문이 밀려드는 바람에 세몬의 수입은 날로 늘어갔다.

어느 겨울날이었다. 세몬이 미하일과 마주앉아 일을 하고 있는데 삼두마차[6] 한 대가 방울소리도 요란하게 집 앞에 멈췄다. 창문으로 내다보니 마차는 가게 바로 앞에 멈춰 서 있었는데, 젊은 사람 하나가 마부석에서 뛰어내려 마차

삼두마차 세 마리의 말이 끄는 마차.

---

6 한 사람의 몸이나 처신, 또는 그의 주변에 관한 일이나 형편

문을 열었다. 마차 안에서 가죽 외투를 입은 신사가 나왔다. 마차에서 내린 신사는 세몬의 가게를 향해 층계를 올라왔다. 마뜨료나가 뛰어나가 문을 활짝 열었다. 신사는 몸을 구부리고 가게 안으로 들어와 허리를 쭉 폈다. 그는 머리가 천장에 닿을 만큼 키가 컸고 몸집은 방 안을 꽉 채울 정도였다.

세몬이 일어나서 인사를 했다. 그는 신사의 거대한 몸집에 놀라 벌린 입을 다물지 못했다. 이제껏 살아오면서 이런 사람은 본 적이 없었던 것이다. 세몬도 호리호리한 체격이었고 미하일도 여윈 편이었으며 마뜨료나로 말할 것 같으면 더욱이나 삐쩍 마른 나뭇가지나 다름없는 몸매였는데, 이 신사는 어디 딴 세상에서라도 왔는지 얼굴이 불그스름하게 윤이 나고 목덜미는 황소처럼 굵직한 것이 마치 온 몸이 무쇠로 만들어진 것 같았다. 신사는 숨을 한 번 크게 내쉬더니 외투를 벗고 의자에 앉으면서 물었다.

"주인이 누군가?"

세몬이 앞으로 나서면서 말했다.

"제가 주인인뎁쇼, 나리."

손님은 하인에게 큰 소리로 외쳤다.

"페치카, 물건을 가져오너라!"

하인이 달려가 꾸러미 하나를 들고 들어왔다. 손님은 꾸러미를 탁자 위에 올려놓았다.

"풀어."

하인이 꾸러미를 풀었다. 안에서 나온 것은 가죽이었는데, 손님이 그것을 손가락으로 쿡쿡 찌르며 세몬에게 말했다.

"이게 무슨 가죽인지 알겠나?"

"알다마다요, 나리."

"이봐, 정말 이 가죽이 무슨 가죽인지 안단 말인가?"

세몬이 가죽을 만져보고 나서 대답했다.

"네, 아주 좋은 가죽입니다요."

"그야 물론 좋은 가죽이지. °얼간이⁷ 같으니라고. 자넨 이런 가죽을 구경조차 못해 봤을 걸. 이건 도이칠란트 산이야. 20루블이나 주고 산 거라구."

세몬은 겁먹은 얼굴로 말했다.

"저 같은 놈이 감히 만져 볼 수도 없는 물건이구만요."

"그렇다마다. 그런데 이걸로 내 발에 꼭 맞는 장화를 지을 수 있겠나?"

"지을 수 있다마다요, 나리."

신사는 느닷없이 버럭 고함을 질렀다.

"지을 수 있다고? 도대체 누구의 장화를 짓는지, 어떤 가죽으로 짓는지 똑똑히 기억해 두란 말이야! 나는 1년을 신어도 모양이 망가지지 않고 꿰맨 자리가 틀어지지도 않는 장화를 원해! 그렇게 만들 자신이 있으면 맡아서 재단을 하라구. 아니라면 아예 손대지 않는 게 좋아. 미리 말해 두지만, 만약 장화가 1년 안에 망가지거나 찢어지기라도 하면 네놈을 감옥에 처넣어 버릴 테니까.

---

7 됨됨이가 변변하지 못하고 덜된 사람.

대신 1년이 지난 뒤에도 멀쩡하면 그때 가서 품삯으로 10루블을
주지."

세몬은 겁이 더럭 나서 미처 대꾸할 말을 찾기 못하고 미하일
쪽을 힐끗 돌아보았다. 팔꿈치로 미하일을 쿡쿡 찌르면서 세몬이
조그만 소리로 물었다.

"이봐 어떻게 하지?"

미하일은 일을 맡으라는 듯 고개를 약간 끄덕여 보였다. 세몬
은 미하일을 믿고 1년이 지나도 망가지거나 찢어지지 않는 장화
를 만드는 일을 맡기로 했다. 신사는 하인을 불러 왼쪽 발의 구두
를 벗기게 하고는 다리를 쭉 폈다.

"치수를 재라구!"

세몬은 50센티미터 정도 되는 종이를 이어 붙였다. 그런 다음
자리를 깔고 무릎을 꿇고 손님의 양말을 더럽히지 않도록 앞치마
에 손을 닦은 뒤 치수를 재기 시작했다. 먼저 발바닥을 재고 다음
으로 발등을 재고 나서 종아리를 잴 차례가 되었는데 양쪽 종이
끝이 닿지를 않았다. 손님의 종아리가 통나무만큼이나 굵었던 것
이다.

"정신 똑바로 차리고 하라구. 종아리가 꼭 끼어서는 안 되니
까."

세몬은 다시 종이를 이어 붙였다. 신사는 의젓하게 앉아 양말
속의 발가락을 꼼지락거리면서 방 안의 사람들을 둘러보다가 미
하일을 보더니 물었다.

"저 사람은 누구지?"

"저희 가게의 직공인데 솜씨가 그만입지요. 그가 나리의 장화를 짓게 될 것입니다요."

"똑똑히 기억해 두라구. 1년을 신어도 끄떡없는 장화를 만들어야 해."

신사가 미하일에게 말했다. 세몬도 미하일을 돌아보았다. 그런데 미하일은 손님의 얼굴은 보지도 않고 그 뒤의 구석만 응시하고 있었다. 마치 그곳에 누군가가 있어 그가 누군지 알아내려고 유심히 살피고 있는 것 같은 표정이었다. 한동안 물끄러미 구석을 바라보고 있던 미하일은 갑자기 싱긋 웃더니 얼굴이 환하게 밝아졌다.

"뭘 보고 싱글거리는 거야? 멍청한 놈 같으니! 정신 차려서 기한 내에 장화를 만들어 낼 궁리나 할 일이지."

"네, 기한 내에 틀림없이 만들어 놓겠습니다."

미하일이 말했다.

"명심하라구."

신사는 구두를 신고 외투를 입은 다음 문간으로 향했다.

그런데 허리를 구부려야 한다는 사실을 깜빡 잊어버린 탓에 문틀에다 이마를 세게 들이받았다. 신사는 한바탕 욕설을 퍼붓고는 이마를 문지르며 마차를 타고 가버렸다. 신사가 떠나는 걸 보고 세몬이 말했다.

"정말 굉장한 손님이야. 저런 사람은 여간해서 죽일 수도 없을 걸. 문틀이 부서지도록 이마를 부딪쳤는데도 그다지 아파하는 것 같지 않더군."

그러자 마뜨료나가 말했다.

"저렇게 호사하게 사는데 체격이 안 좋을 수가 있겠수? 저런 사람한테는 저승사자도 감히 범접을 못할 거예요."

∽

세몬이 미하일에게 말했다.

"일을 맡기는 했지만 까딱 잘못하다간 꼼짝없이 감옥행이야. 최고급 가죽인데다 손님 성깔도 여간 아니니 만에 하나라도 실수가 없어야 할 텐데. 자네가 눈도 밝고 나보다 솜씨도 나으니 여기 이 치수대로 재단을 해 보게. 나는 겉가죽을 꿰맬 테니까."

미하일은 시키는 대로 신사가 가져온 가죽을 탁자 위에 펼쳐 놓고 가위로 자르기 시작했다. 옆에 서서 미하일이 마름질하는 것을 들여다보고 있던 마뜨료나는 깜짝 놀랐다. 구두 짓는 일이라면 그녀도 이젠 제법 안다고 자부하는 터인데, 가만 보니 미하일은 손님이 주문한 장화 모양과는 전혀 딴판으로 가죽을 둥글게 자르고 있었던 것이다. 주의를 줄까 하다가 그녀는 다시 생각했다.

'손님이 주문한 내용을 내가 제대로 듣지 못한 것인지도 모르지. 나보다야 아무래도 미하일이 더 잘 알고 있을 테니까 공연히 참견하지 않는게 좋을 거야.'

미하일은 마름질을 마치고 가죽을 꿰매기 시작했다. 그런데 장화를 꿰밀 때 쓰는 두 겹 실이 아니라 슬리퍼를 짓는 한 겹 실을 사용하는 것이다. 마뜨료나는 이번에도 깜짝 놀랐으나 역시 참견하지 않았다. 미하일은 부지런히 일손을 놀리고 있었다.

점심때가 되어 세몬이 일어나서 보니 미하일은 신사의 가죽으로 슬리퍼를 만들고 있었다. 세몬은 너무 놀라서 비명을 질렀다.

'이게 웬일인가. 우리 집에서 일한 지 일 년이 넘도록 미하일이 실수하는 걸 본 적이 없는데 하필이면 지금 같은 때 이런 엄청난 잘못을 저지르다니. 손님은 굽 있는 장화를 주문했는데 밋밋한 슬리퍼 따위를 만들었으니 가죽을 통 못 쓰게 돼 버렸잖아. 손님한테 뭐라고 변명한단 말인가? 이런 가죽을 쉽게 구할 수도 없을 텐데.'

그는 미하일에게 말했다.

"여보게, 이게 무슨 짓인가? 자네 나를 죽이려고 작정했구만. 손님은 분명 장화를 주문했는데 자넨 도대체 뭘 만들어 놓은 건가?"

세몬이 미하일을 나무라기 시작한 순간, 현관 문고리가 덜거덕거리더니 누군가가 문을 두드렸다. 창문으로 내다보니 누가 말을 타고 와서 이제 막 고삐를 비끄러매고 있는 중이었다.

나가 보니 그는 좀 전에 왔던 신사의 하인이었다.

"안녕하십니까?"

"어서 와요. 그런데 무슨 일로?"

"주문했던 장화에 관한 일로 마님의 심부름을 왔습니다."

"장화에 관한 일이라고?"

"장환지 구둔지 이제 필요 없게 됐습니다. 나리께서 돌아가셨거든요."

"아니, 뭐라고 했소?"

"여기서 댁으로 돌아가시던 길에 마차 안에서 돌아가셨습니다. 댁에 도착해서 내려 드리려고 보니까 나리께서 짐짝처럼 바닥에 뒹굴고 있는 게 아니겠습니까? 벌써 몸이 굳어 버린 뒤라 가까스로 마차에서 끌어내렸지요. 그래서 마님께서 제게 *분부[8]하셨습니다. '구둣방에 가서 말하거라. 아까 나리께서 주문하신 장화는 필요 없게 되었으니 대신 그 가죽으로 죽은 사람에게 신기는 슬리퍼를 지어 달라고 말이야. 그리고 완성되길 기다려서 슬리퍼를 가지고 오너라.' 그래서 제가 이렇게 달려온 것입니다."

미하일은 *마름질[9]하고 남은 가죽 조각을 뭉쳐 탁자 한 켠으로 치우고 나서 완성된 슬리퍼를 툭툭 털어 앞치마에 닦은 다음 하인에게 내밀었다.

"그럼 안녕히 계십시오, 여러분! 이만 가보겠습니다."

하인은 슬리퍼를 받아 들고 돌아갔다.

🐚

다시 일 년이 지나고 이 년이 지나 미하일이 세몬의 집에 온 지도 어느덧 6년이 되었다. 처음이나 마찬가지로 그는 어딜 나다니지도 않고 실없는 소리를 지껄이는 법도 없었다. 그동안 그가 웃은 것은 단 두 번뿐이었다. 마뜨료나가 저녁을 차려 주었을 때와 장화를 맞추러 온 신사를 보았을 때였다.

세몬은 이 제자가 기특해 죽을 지경이었다. 그는 이제 더 이상 미하일에게 어디서 왔느냐고 묻지 않았다. 다만 미하일이 일을 그만두고 나가 버리지나 않을까 은근히 걱정스러울 뿐이었다.

어느 날 온 식구가 한자리에 모여 있을 때였다. 마뜨료나는 화덕에 냄비를 올리고, 아이들은 의자 사이를 뛰어다니거나 창밖을 내다보며 놀고 있었다. 세몬은 창가에 앉아 가죽을 꿰매고 미하일은 다른 창가에서 구두 뒤축을 다는 중이었다.

그때 사내아이가 의자를 넘어 미하일에게 다가와서 그의 어깨를 흔들며 창밖을 가리켰다.

"미하일 아저씨, 저길 좀 봐요. 어떤 아줌마가 계집애 둘을 데리고 우리 집으로 오고 있어요. 계집아이 하나는 절름발이인데요?"

그 말을 듣자마자 미하일은 갑자기 일손을 멈추고 고개를 돌려 창문 밖을 유심히 바라보았다. 세몬은 놀랐다. 이제껏 바깥을 내다보는 일이라곤 없던 사람이 오늘따라 창문에 얼굴을 매달리다시피 하고 뭔가를 정신없이 바라보고 있었기 때문이었다. 세몬도 밖을 내다보았다.

깨끗하게 차려입은 부인이 가게를 향해 걸어오고 있었다. 부인은 털외투를 입고 두툼한 목도리를 두른 두 여자아이의 손을 잡고 있었다. 아이들은 누가 누군지 분간할 수 없을 만큼 닮은

---

8 윗사람이 아랫사람에게 명령이나 지시를 내림.
9 옷감이나 재목 따위를 치수에 맞도록 재거나 자르는 일.

얼굴을 하고 있었는데, 다만 한 아이가 다리를 약간 절고 있었다.

부인은 현관 계단을 올라와 문을 열더니 먼저 두 여자아이를 안으로 들여보내고 자기도 따라 들어왔다.

"안녕하세요!"

"어서 오십시오. 무슨 일이신가요?"

부인은 탁자 옆에 앉았다. 여자아이들은 낯선 듯 그녀의 무릎에 매달렸다.

"아이들에게 봄에 신을 구두를 맞춰 주려고요."

"그러세요? 저희들은 그렇게 작은 구두는 지어본 적이 없지만, 뭐, 할 수 있을 겁니다. 가장자리에 장식을 단 것이 좋을까요, 안에 천을 댄 것이 좋을까요? 여기, 미하일은 솜씨가 정말 훌륭하답니다."

세몬이 미하일을 돌아보니, 그는 우두커니 앉아 두 여자아이의 얼굴을 뚫어져라 쳐다보고 있었다. 그 모습이 다시 세몬을 놀라게 했다. 하긴 두 아이 모두 예뻤다. 눈동자는 새까맣고 두 볼은 포동포동하고 발그스름했으며, 가죽 외투에 비싼 목도리를 두르고 있었다. 그렇다하더라도 미하일이 무슨 연유로 저렇게 열심히 아이들을 바라보고 있는지 세몬은 이해할 수 없었다. 미하일은 마치 그 아이들을 이전부터 잘 알고 있는 것 같았다.

세몬은 이상하다고 생각하면서도 부인에게로 돌아앉아 흥정을 계속했다. 곧 값을 정하고 치수를 잴 차례가 되었다. 부인은 다리를 저는 아이를 안아 올려 무릎에 앉혔다.

"수고스럽겠지만 이 아이의 치수는 두 가지로 재 주셔야겠어요. 불편한 발 쪽은 한 짝이면 되고 성한 발에 맞춰선 세 짝을 지어 주세요. 두 아이가 치수가 같거든요. 이 아이들은 쌍둥이랍니다."

세몬은 치수를 재고 나서 다리가 불편한 아이를 가리키며 물었다.

"어쩌다 이렇게 됐습니까? 정말 귀여운 아인데……. 날 때부터 그랬었나요?"

"아니에요. 아이들 엄마가 잘못해서 그만……."

이때 마뜨료나가 끼어들었다. 부인과 아이들이 어디 사는 누구인지 궁금해서 견딜 수가 없었던 것이다.

"그럼 부인은 이 아이들의 친어머니가 아니신가요?"

"어머니도 아니고 친척도 아니랍니다. 남남 간이지만 그냥 맡아서 기르고 있는 거예요."

"그런데도 이처럼 귀여워하시는군요."

"직접 낳은 아이가 아니더라도 키우다 보면 정이 들게 마련이니까요. 두 아이 다 제 젖을 먹여 길렀답니다. 제 아이도 있었지만 하느님께서 데려가셨지요. 죽은 아이는 그렇게 불쌍한 줄 몰랐는데, 이 아이들은 정말 가엾어서 견딜 수가 없었어요."

"그럼 이 아이들은 어느 댁 따님들인가요?"

부인은 다음과 같은 이야기를 들려주었다.

"벌써 6년 전의 일이랍니다. 이 두 아이는 태어난 지 일주일도 안 되어 고아가 되어 버렸지요. 아버지는 아이들이 태어나기 사흘 전에 세상을 떠나고 어머니는 아이들을 낳고 곧 숨을 거뒀답니다. 저는 남편과 함께 이웃에서 농사를 짓고 살았는데, 이 아이들의 부모와는 한 식구처럼 지내는 사이였지요.

아이들 아버지는 숲에 들어가 혼자서 일을 하다가 어느 날 큰 나무가 넘어지면서 허리를 덮치는 바람에 쓰러져 정신을 잃었어요. 가까스로 집에까지 옮겨 놓았지만 곧 저 세상으로 가고 말았지요. 그리고 며칠 안 지나 그의 아내가 쌍둥이를 낳은 거예요. 바로 이 아이들이죠. 집이 몹시 가난한 데다 돌봐 줄 친척 하나 없어, 애들 엄마는 혼자 아기를 낳고 혼자 죽어갔답니다. 해산 다음 날 아침에 제가 문안을 갔더니, 가엾게도 애들 엄마는 이미 이 세상 사람이 아니었습니다. 설상가상으로 숨을 거두는 순간 바로 이 아이 위로 쓰러지는 바람에 이 아이는 다리 한쪽을 못 쓰게 되고 말았죠.

마을 사람들이 죽은 사람을 씻기고 수의를 입히고 관을 만들어 장례를 치렀습니다. 다들 친절한 사람들이거든요. 하지만 남은 갓난아기들 일이 걱정이었지요. 모인 여자들 중에 젖먹이가 딸린 이는 저뿐이었습니다. 제겐 태어난 지 8주밖에 안 된 첫아들이 있었거든요. 그래서 제가 잠시 두 아이를 맡기로 했습니다. 마을 사람들은 다시 의논을 했죠. 하지만 무슨 뾰족한 수가 있었겠어요? 하루는 마을 사람들이 제게 말했습니다.

'마리아, 아이들을 좀 더 데리고 있어 줘요. 우리가 어떻게든 대책을 세워볼 테니까 그때까지만.'

저는 다리가 온전한 아이에게만 젖을 물렸습니다. 또 한 아이에겐 아예 먹일 생각도 하지 않았죠. 어차피 살 수 없을 거라고 생각했던 것입니다. 그러다가 갑자기 이 아이가 너무 불쌍하다는 생각이 들었어요. 그 뒤론 모두에게 똑같이 젖을 먹였습니다. 제 아이와 이 아이들까지 한꺼번에 세 아이를 키우게 된 거죠. 그때야 젊고 건강했기 때문에 그럴 수 있었을 거예요.

두 아이에게 젖을 물리고 있는 동안 한 아이는 차례를 기다려야 했습니다. 한 아이가 젖꼭지를 놓아야 다음 아이가 먹을 수 있었죠. 하느님의 돌보심으로 이 두 아이는 무럭무럭 자랐습니다. 그런데 제가 낳은 아이는 두 살 되던 해에 그만 그분께서 데려가고 말았지요.

그 후 살림살이는 점점 나아졌습니다. 지금은 이 거리 상인들 소유의 물방앗간 일을 맡아보고 있는데, 수입이 좋아 살아가는 데는 아무런 걱정이 없답니다. 다만 아이가 없을 뿐이죠.

정말 이 아이들이 없었다면 혼자 쓸쓸해서 어떻게 살았을까요! 제가 이 아이들을 귀여워하는 건 너무나 당연한 일이죠. 이 아이들은 제게 촛불과도 같은 존재인 걸요."

부인은 한 손으로 다리를 저는 아이를 당겨 안으면서 다른 한 손으론 뺨을 타고 흘러내리는 눈물을 닦았다. 마뜨료나가 긴 한

숨을 내쉬며 말했다.

"부모 없이는 살 수 있어도 하느님 없이는 살 수 없다더니 과연 그 말이 옳은 것 같군요."

세 사람이 이런 말들을 주거니 받거니 하고 있을 때, 갑자기 미하일이 앉아 있는 구석에서 *섬광[10]이 비치더니 방 안이 환하게 밝아졌다. 미하일은 두 손을 무릎에 얹고 하늘을 올려다보며 빙그레 웃고 있었다.

부인이 아이들을 데리고 돌아가자 미하일은 걸상에서 일어나 일감을 탁자 위에 올려놓고 앞치마를 벗더니 주인 내외에게 공손히 절을 하면서 말했다.

"이제 작별을 해야겠습니다. 하느님께서 저를 용서해 주셨으니 두 분께서도 부디 저를 용서해 주십시오."

주인 내외는 그에게서 눈부신 후광이 비치고 있는 것을 보았다. 세묜도 일어나 마주 절하면서 말했다.

"미하일, 역시 자네는 보통 인간이 아니었군. 더 이상 자네를 붙잡을 수도, 이것저것 캐물을 수도 없을 것 같네. 하지만 이것 한 가지만은 알려 줄 수 없겠나? 내가 처음 자네를 만나 집으로 데리고 왔을 때 자네는 몹시 어두운 얼굴을 하고 있었네. 그러다가 집사람이 저녁을 대접하자 자네는 싱긋 웃으며 갑자기 표정이 밝아졌는데, 그건 어찌된 영문인가? 그 뒤 어느 신사분이 장화를 맞추러 온 적이 있었지. 그때도 자넨 싱긋 웃으며 밝은 표정을 지었어. 아까 그 부인이 아이들을 데리고 왔을 때 자네는 세 번째로 웃었네. 그리고 자네 몸에서 후광이 비쳤지. 미하일, 왜 자네 몸에서 빛이 나는지, 그리고 어째서 세 번을 웃었는지 그 까닭을 말해 주지 않겠나?"

미하일이 입을 열었다.

"제 몸에서 빛이 나는 건 다름이 아닙니다. 저는 지금까지 하느님의 벌을 받고 있었는데 이제 용서를 받았기 때문이지요. 그리고 제가 세 번 웃은 것은 하느님께서 제게 내리신 세 가지 말씀의 뜻을 알게 되었기 때문입니다. 첫 번째 말씀의 뜻은 아주머니께서 저를 가엾게 여겨 주셨을 때 깨달았지요. 그래서 웃었던 것입니다. 두 번째 말씀의 뜻은 부자 나리가 장화를 주문했을 때 알게 되었습니다. 그래서 두 번째로 웃었지요. 그리고 오늘 두 여자아이를 보았을 때 세 번째 말씀의 의미를 알게 되어 또다시 웃은 것입니다."

세몬이 다시 물었다.

"하느님께선 무슨 이유로 자네에게 벌을 내리셨는가? 그리고 하느님의 세 가지 말씀이란 뭔가?"

미하일이 대답했다.

"제가 벌을 받은 것은 하느님의 말씀을 거역했기 때문입니다. 저는 본래 천사였는데, 하루는 하느님께서 제게 한 여인의 영혼

---

10 순간적으로 강렬히 번쩍이는 빛

을 거두어 오라는 분부를 내리셨습니다. 제가 지상에 내려와서 보니 그 여인은 몹시 쇠약한 몸으로 자리에 누워 있었습니다. 여인은 방금 쌍둥이 아이를 낳았던 것입니다. 갓난아기들은 어머니 곁에서 꼼지락거리고 있는데 어머니는 아기들에게 젖을 먹일 기운조차 없어 보였습니다. 여인은 나를 보자 하느님께서 보내신 줄 짐작하고 흐느껴 울면서 말했습니다.

'오, 천사님! 제 남편은 숲에서 일하다 나무에 깔려 죽었습니다. 바로 엊그제 장례를 치렀지요. 제겐 형제자매도, 아주머니도 할머니도 없습니다. 이 갓난애들을 돌봐 줄 사람은 아무도 없습니다. 제발 제 영혼을 거둬 가지 마시고 이 아이들을 제 손으로 키울 수 있게 해 주십시오! 이 핏덩이들이 부모 없이 어떻게 목숨을 부지할 수 있겠습니까!'

저는 여인이 애원하는 말을 듣고 아기 하나를 안아 어머니의 젖꼭지를 물려주고 다른 아기는 어머니의 품에 안겨 준 다음 하늘나라로 돌아갔습니다. 그리고 하느님께 말씀드렸습니다.

'여인의 영혼은 거두어 오지 못했습니다. 여인의 남편은 나무에 깔려 죽고 여인은 방금 쌍둥이를 낳은 참이었습니다. 그 여인은 저를 보고 울면서 애원했습니다. 제발 영혼을 거두어 가지 말아 달라고 말입니다. 제발 자기 손으로 아이들을 키울 수 있게 해 달라면서, 부모가 없으면 그 갓난아이들은 살 수 없을 거라고 말했습니다. 저는 차마 그 여인의 영혼을 빼앗을 수 없었습니다.'

그러자 하느님께서 다시 분부하셨습니다.

'내려가 산모의 영혼을 거두어라. 그러면 세 가지 말의 뜻을 알게 될 것이다. 인간의 내부에는 무엇이 있는가? 인간에게 허락되지 않은 것은 무엇인가? 그리고 사람은 무엇으로 사는가? 이 세가지를 알게 되는 날 너는 하늘나라로 돌아올 수 있을 것이다.'

그래서 저는 다시 지상으로 내려와 산모의 영혼을 거두었습니다. 아기들은 어머니 품에서 떨어졌으나, 죽은 여인의 몸이 침대 위로 쓰러지면서 한 아이를 덮쳐 그만 한 쪽 다리를 못 쓰게 만들고 말았습니다. 저는 여인의 영혼을 하느님께 바치기 위해 다시 하늘로 날아올라 갔습니다. 그런데 갑자기 거센 바람이 몰아쳐 제 두 날개를 부러뜨렸습니다. 그래서 그 여인의 영혼만 하늘나라로 올라가고 저는 지상으로 떨어지게 되었던 것입니다."

세몬과 마뜨료나는 자기들이 먹이고 입혔던 사람이 누구인지, 자기들과 같이 살고 함께 일해 온 사람이 누구인지를 깨닫고 두려움과 기쁨으로 눈물을 흘렸다.

천사가 다시 입을 열었다.

"저는 벌거벗은 채 홀로 들판에 버려졌습니다. 그때까지 저는 인간 생활의 괴로움도 모르고 추위나 굶주림도 알지 못했습니다. 배가 몹시 고프고 몸은 얼어 오는데 전 어떻게 해야 할 지 알 수가 없었습니다. 그때 문득 하느님을 섬기는 교회가 들판 가운데 서 있는 게 보였습니다. 저기 몸을 의지하면 되겠다 싶어 저는 그곳으로 다가갔습니다. 그러나 교회 문이 닫혀 있어 들어갈 수가 없었습니다. 그래서 바람이나 피하려고 교회 뒤쪽에 웅크리고 앉아 있었지요.

날이 저물자 허기는 더욱 심해지고 몸은 꽁꽁 얼어붙어 금방 죽을 것만 같았습니다. 그때 문득 어떤 사람이 장화를 들고 길을 걸어오면서 혼자 중얼거리는 소리가 들렸습니다. 저는 인간이 되어 처음으로 언젠가는 죽어야 할 인간의 얼굴을 보았습니다. 그 얼굴을 쳐다보기가 두려워 저는 고개를 돌려 버렸습니다. 그런데 가만히 들어보니 그 사나이는 어떻게 이 추운 겨울을 날 것인가, 어떻게 처자식을 먹여 살릴 것인가를 걱정하고 있었습니다. 그래서 저는 생각했습니다.

'나는 지금 추위와 굶주림으로 죽어가고 있다. 마침 저기 사람이 오고 있지만, 그는 자기 아내의 가죽 외투를 마련할 일이며 식구들을 먹여 살릴 일 때문에 걱정이 태산 같으니 나를 도와주긴 틀렸다.'

그 사람은 저를 보더니 이마를 찡그리며 아까보다 더욱 무서운 얼굴이 되어 그대로 지나가 버렸습니다. 실낱같은 한 줄기 희망마저 사라져 버린 것이었습니다. 그런데 갑자기 사나이가 되돌아오는 발소리가 들렸습니다. 그의 얼굴을 본 순간 저는 조금 전에 지나간 사람이 아니구나, 하고 생각했을 정도였습니다. 아까는 그 얼굴에 죽음의 기운이 서려 있었는데, 다시 돌아왔을 때 보니 만면에 생기가 돌고 하느님의 그림자가 그 속에 얼비쳐 있었거든요.

사나이는 제게로 다가오더니 자기가 입고 있던 옷을 벗어서 입혀 주고 저를 자기 집으로 데리고 갔습니다. 집에 당도하자 한 여인이 뛰어나와 잔소리를 늘어놓기 시작했습니다. 그 여인은 사나이보다 훨씬 더 무서운 얼굴을 하고 있었습니다. 그녀의 입에서 뿜어져 나오는 죽음의 독기 때문에 저는 숨을 쉴 수도 없었습니다. 여인은 저를 밖으로 내몰려고 했습니다.

만약 그대로 저를 내쫓았다면 여인은 그 자리에서 죽고 말았을 것입니다. 저는 그 사실을 알고 있었습니다.

그때 여인의 남편이 문득 하느님을 상기시켰습니다. 그러자 갑자기 여인의 기세가 누그러지면서 태도가 부드러워졌습니다. 여인의 얼굴에서 죽음의 그림자는 이미 흔적조차 사라지고 없었습니다. 여인의 얼굴에는 생기가 넘쳤습니다. 저는 거기서 하느님의 모습을 보았습니다. 그 순간 저는 하느님의 말씀이 떠올랐습니다. 하느님은 제게 말씀하셨지요. '인간의 내부에 무엇이 있는지 알게 될 것이다.'

저는 인간의 내부에 있는 것이 사랑임을 깨달았습니다. 하느님께서 내게 약속하신 일을 이렇게 보여 주시는구나, 하고 생각하니 저는 더할 수 없이 기뻤습니다. 그래서 싱긋 웃었던 것입니다. 그렇지만 전부를 알게 된 것은 아니었습니다. 인간에게 허락되지 않은 것은 무엇인가, 그리고 사람은 무엇으로 사는가에 대한 해답을 저는 아직 구하지 못하고 있었습니다.

그날부터 두 분과 함께 지내기 시작해서 일 년이란 세월이 흘렀습니다. 어느 날 한 사나이가 찾아와서 일 년을 신어도 망가지거나 찢어지지 않을 장화를 주문했습니다. 그 사나이를 쳐다보는 순간 저는 그의 등 뒤에 제 동료인 죽음의 천사가 서 있는 걸 알아보았습니다. 저 말고는 아무도 보지 못했지만 저는 그 천사를 알고 있었습니다. 그리고 사나이의 영혼이 해가 지기 전에 그의 몸을 떠나게 되리라는 사실도 알고 있었죠. 저는 생각했습니다.

'이 사나이는 일 년을 신어도 망가지지 않을 신발을 원하지만 자신이 오늘 중으로 죽을 거라는 사실은 모르는구나.'

저는 '인간에게 허락되지 않은 것은 무엇인가?'라는 하느님의 두 번째 말씀을 생각해냈습니다. 인간의 내부에 무엇이 있는지는 이미 알고 있었습니다. 그리고 이번에는 인간에게 허락되지 않은 것이 무엇인지를 깨달은 것입니다. 그것은 바로 자기에게 진정 필요한 것이 무엇인가를 아는 지혜였습니다. 옛 동료였던 천사를 만난 일도 기뻤지만, 무엇보다도 두 번째 말씀의 뜻을 깨닫게 된 것이 기뻐서 저는 다시 싱긋 웃었던 것입니다.

하지만 아직도 전부를 깨닫지는 못했습니다. 사람은 무엇으로 사는가를 저는 아직 알지 못하고 있었습니다. 그래서 저는 계속 이 댁에 머무르면서 하느님께서 마지막 말씀의 뜻을 깨닫게 해주시기를 기다리고 있었던 것입니다.

마침내 6년째 되는 오늘, 한 부인이 쌍둥이 여자아이를 데리고 가게를 찾아왔습니다. 그 아이들을 보았을 때, 저는 태어나자마자 어머니를 잃어버린 그 아이들이 무사히 잘 자라고 있다는 걸 알게 되었습니다. 저는 생각했습니다.

'아이들을 위해 그 어머니가 눈물을 흘리며 살려달라고 애원했을 때, 나는 그 여인의 말대로 아이들은 부모 없이 살아갈 수 없다

고 생각했었다. 그러나 아이들과 아무 상관도 없는 여인이 그 애들을 맡아 잘 키우고 있지 않은가.'

그 부인이 남의 아이들로 인해 감격의 눈물을 흘리는 모습에서 저는 살아 계신 하느님을 발견했습니다. 또한 사람은 무엇으로 사는가에 대한 해답도 깨달았지요. 하느님께서 마지막 깨달음을 주심으로써 마침내 저를 용서해 주신 것을 알고 너무 기쁜 나머지 세 번째로 웃었던 것입니다."

이윽고 천사의 모습이 드러났는데, 전신이 눈부신 빛으로 에워싸여 똑바로 쳐다볼 수 없을 정도였다. 천사가 커다란 목소리로 말하기 시작했다. 스스로 말을 하는 것이 아니라 마치 하늘에서 소리가 울려오는 것 같았다.

"나는 이와 같은 일을 깨달았다. 모든 인간은 스스로를 걱정하는 마음으로써가 아니라, 사랑으로써 살아가는 것이다. 어머니에게는 자신의 아이들이 살아가는 데 무엇이 필요한지를 아는 힘이 주어지지 않았다. 부자 또한 자기에게 무엇이 필요한지 알지 못했다. 어떤 인간에게도 자기에게 필요한 것이 살아서 신을 장화인지, 죽은 뒤 신을 슬리퍼인지 아는 것이 허락되지 않았다.

내가 인간이었을 때 무사히 살아갈 수 있었던 것은 나 자신이 내 일을 여러 가지로 걱정하고 염려했기 때문이 아니라 지나가던

행인과 그 아내에게 사랑이 있어 나를 가엾게 여기고 사랑해 주었기 때문이다. 두 고아들이 잘 자라 온 것도 많은 사람들이 걱정하고 염려해 준 덕분이 아니라 한 여인에게 사랑의 마음이 있어 그들을 불쌍하게 생각하고 사랑해 주었기 때문이다. 모든 인간이 살아가고 있는 것은 각자 자신의 일을 염려하기 때문이 아니라 그들 가운데 사랑이 있기 때문이다.

나는 일찍이 하느님께서 인간에게 생명을 주시고 그들이 잘 살아가기를 바라고 계시다는 것을 알았지만, 이제 다시 한 가지를 깨달았다. 이는 곧 하느님께서 인간들이 뿔뿔이 흩어져 사는 것을 원치 않으신다는 것이다. 바로 그렇기 때문에 하느님께서는 인간 각자에게 무엇이 필요한가를 보여 주지 않으시는 것이다. 그분은 인간들이 하나가 되어 살아가기를 원하시며, 그래서 자신과 모든 인간을 위해 진정으로 필요한 것이 무엇인지를 계시하신 것이다. 이제야말로 나는 깨달았다. 각자 자신을 걱정함으로써 살아갈 수 있다고 생각하는 것은 인간들의 착각일 뿐, 진실로 인간은 오직 사랑에 의해 살아가는 것이다. 마음에 사랑이 가득한 자는 하느님의 나라에 살고 있는 것이며, 하느님은 그 사람 안에 계신다. 왜냐하면 하느님은 사랑이시기 때문이다."

말을 마치자 천사는 하느님을 찬양하는 노래를 부르기 시작했다. 웅장한 목소리가 울려 퍼져 온 집안이 울리는 듯 했다. 그때 천장이 갈라지고 땅에서 하늘까지 불기둥이 치솟았다.

세몬과 그의 아내와 아이들은 저도 모르게 땅바닥에 엎드렸다. 미하일의 등에 날개가 돋아나 활짝 펼쳐졌다. 천사는 하늘로 날

아올라 갔다. 이윽고 세몬이 정신을 차렸을 때는 집은 옛날 모습 그대로였고 방 안에는 그의 가족 외에는 아무도 없었다.

레프 톨스토이 1827~1910

러시아 남부 야스나야폴랴나에서 출생. 명문 백작가의 아들로 태어났으나 두 살 때 어머니를, 여덟 살 때 아버지를 잃고 친척집에서 자랐다. 군 복무 중 첫 작품 『유년 시대』를 발표했다. 그 후 『전쟁과 평화』, 『안나 카레니나』, 『부활』 등 길이 남을 걸작들을 발표하면서 세계적인 명성을 얻었다.

독후 활동

1 이 소설에 나오는 세몬과 마뜨료나의 성격에 대해 말해 보세요.

2 다음 질문에 답해 보세요.

- 사람의 마음속에는 무엇이 있는가?

- 사람에게 허락되지 않은 것은 무엇인가?

- 사람은 무엇으로 사는가?